JE CROIS EN MOI

MORIARTY THE PATRIOT

10

Basiert auf den Werken von
Sir Arthur Conan Doyle

Story von
Ryosuke Takeuchi

Zeichnungen von
Hikaru Miyoshi

William James Moriarty

Ein gebildeter Junge mit messerscharfem Verstand. Nimmt den Platz von Alberts leiblichem jüngeren Bruder ein und trägt schließlich auch dessen Namen William. Arbeitet als Mathematikprofessor und als Privatmentor in kriminellen Angelegenheiten.

《 Handlung 》

Nach dem Vorfall mit Jack größter Medienmogul Mil- Umfeld genauer zu durch- er auf das Protokoll einer aus dem Armenviertel einen Milverton kommt zu dem jungen William gehandelt werden lässt. Doch auch mittlerweile als seinen größten Unterdessen tritt der Abge- zesentwurf zur Reform des gerlichen Revolution in Er- tentat auf ihn kann ihn nicht Gerechtigkeit einzusetzen. Kein genauer unter die Lupe nimmt. fiden Plan auszuhecken…

the Ripper macht sich Englands verton daran, Williams persönliches leuchten. Bei seiner Recherche stößt Gerichtsverhandlung, in der ein Junge Adeligen vernichtend geschlagen hatte. Schluss, dass es sich hierbei um den haben muss, was ihn noch vorsichtiger William ist auf der Hut, da er Milverton Feind betrachtet. ordnete Whiteley mit seinem Geset- Wahlrechts als Fahnenträger der bür- scheinung. Auch ein missglücktes At- davon abbringen, sich weiterhin für die Wunder also, dass William ihn fortan Doch auch Milverton scheint einen per-

❰ Charaktere ❱

Albert James Moriarty

Erbte in jungen Jahren den Grafentitel seiner Familie und leitet momentan das Handelshaus »Universal«, eine Scheinfirma des MI6.

Louis James Moriarty

Williams jüngerer Bruder. Kümmert sich um die Verwaltung des Grundstücks und um sämtliche Arbeiten auf dem Anwesen.

Oberst Sebastian Moran

Hervorragender Schütze und streitsüchtiger Ex-Soldat. Unterstützt William als treuer Ergebener.

Fred Pollock

Junge mit Verbindungen zum Untergrundnetzwerk in ganz England. Begabter Spion und Meister der Verkleidung.

Zack Paterson

Ein vom MI6 in der Londoner Polizeibehörde platzierter Spion. Steigt zum Leiter der kriminalpolizeilichen Abteilung auf.

James Bond

7. Geheimagent des MI6 und Irene Adlers neue Identität, unter der sie sich verborgen hält.

Jack Renfield

Erfahrener Nahkampfsoldat aus dem ersten Anglo-Afghanischen Krieg, der von Freund und Feind nur ehrfürchtig »Jack the Ripper« genannt wird.

Charles Augustus Milverton

Medienmogul mit mehreren Zeitungsverlagen und Werbeagenturen unter seiner Leitung, der auch den Beinamen »König der Erpressung« trägt.

Sherlock Holmes

Bringt mit seiner außerordentlichen Beobachtungsgabe und seinem Schlussfolgerungsvermögen jede Wahrheit ans Licht. Nennt sich selbst den einzigen beratenden Detektiv der Welt.

John H. Watson

Vom Afghanistan-Krieg zurückgekehrt, wo er als Feldarzt arbeitete. Teilt sich mit Sherlock Holmes die Wohnung in der 221B.

INHALT

#36 | Der weiße Ritter von London, Akt 2

BRUDER ALBERT...

TOCK

London

Moriarty-
Anwesen

ALLE VORKEH-
RUNGEN SIND
GETROFFEN.

MORGEN WÜRDE
ICH GERNE DEN
ABGEORDNETEN
WHITELEY AUF DIE
PROBE STELLEN.

DER UNTERHAUS-
ABGEORDNETE SETZT
SICH UNGEACHTET
DESSEN, DASS ER
AUFGRUND SEINER
VORSCHLÄGE FÜR
EINE REFORM DES
WAHLGESETZES
MASSIV UNTER
DRUCK GERATEN IST
UNERSCHROCKEN
FÜR DIE GLEICH-
HEIT IM VOLK EIN.

ADAM
WHITELEY...

ANGENOMMEN,
WHITELEY HÄTTE
EIN BELASTENDES
INDIZ GEGEN DAS
OBERHAUS IN DER
HAND... WAS WÜRDE
ER DAMIT TUN?

EIN
ATTENTÄ-
TER HATTE
VERSUCHT,
WHITELEY ZU
ERMORDEN.
DER TÄTER
KONNTE
ZWAR FEST-
GENOMMEN
WERDEN...

... AM TAG
DARAUF FAND
MAN IHN JE-
DOCH TOT IN
SEINER ZELLE
BEI SCOTLAND
YARD VOR.
SEIN TOD GIBT
NOCH IMMER
RÄTSEL AUF.

WÜRDE ER ES AUS GELTUNGS-SUCHT UND SEINER EIGENEN KARRIERE ZULIEBE PUBLIK MACHEN...?

ODER WÜRDE ER HINTER DEN KULISSEN MIT DEM OBERHAUS VERHAN-DELN, UM SEINE GESETZESREFORM DURCHZUBRINGEN?

... WERDEN WIR MITHILFE VON WILLIAMS ANALYS HOFFENTLICH UNVER-ZÜGLICH KLÄREN KÖNNEN.

OB DIE ENTSCHEI-DUNG DARÜBER BEI WHITELEY LIEGT ODER NICHT...

JE NACHDEM, WIE DIESER TRUMPF AUSGESPIELT WERDEN WÜRDE, KÖNNTE ER DAS GANZE LAND INS CHAOS STÜRZEN.

OB ER SO JEMAND IST...?

...

WENN ER ZU EINEM FRONTAL-ANGRIFF AUSHOLT, MUSS ER MEHR NOCH ALS WIR DAMIT RECHNEN, DABEI ALLES ZU VERLIEREN.

JE NACH AUSGANG DER GESCHICHTE KÖNNTE ES SEIN, DASS UNSER EINGREI-FEN, DAS ZUTUN DES MEISTERVERBRECHERS, GAR NICHT MEHR BENÖTIGT WIRD.

FPP

VIELEN DANK, ALBERT.

ICH HABE DIR MITGEBRACHT, WONACH DU VERLANGT HAST.

ACH JA...

10

TPP

WIR SIND BEREIT, UNSEREN WEG ZU ENDE ZU GEHEN, AUCH WENN ER MIT LEID VERBUNDEN IST. ICH HOFFE SEHR, DASS ER AUS DEM GLEICHEN HOLZ GESCHNITZT IST.

WILLIAM...

MAGGY, WO IST DIE MORGEN-AUSGABE?

OH, SO WAS...

DIE WURDE HEUTE WOHL NICHT ZUGE-STELLT.

LONDON

WHITELEY-ANWESEN

HAB ICH'S WIEDER MAL MIT NEGATIV-SCHLAGZEILEN AUF DIE TITELSEITE GESCHAFFT?

HAHAHA!

DARAUS MACHE ICH MIR WIRKLICH NICHTS, ALSO SEIEN SIE BITTE SO FREUNDLICH UND HOLEN SIE MIR DIE ZEITUNG!

NATÜRLICH... ABER SAGEN SIE NICHT, ICH HÄTTE SIE NICHT GE- WARNT!

BEI IHNEN FRÜHSTÜCKEN IMMER ALLE GEMEINSAM? SIE MÜSSEN SICH JA...

INSPECTOR ROBINSON, WARUM NEHMEN SIE BEIDE NICHT NEBEN MEINEM SEKRETÄR MARCUS PLATZ?

... SEHR GUT VER- STEHEN.

SQUIEK

DAS IST HIER NORMAL, GEWÖHNEN SIE SICH BESSER DARAN!

UND MAGGYS OBSTKUCHEN IST WIRKLICH EINZIGARTIG...

ICH BIN GESPANNT!

MORGEN AUCH, MARCUS.

ÄH... UND HERR ROBINSON UND HERR STURRIDGE...

GUTEN MORGEN, BRUDER ADAM!

WIR FRÜHSTÜCKEN HEUTE MIT EUCH.

HALLO, SAM.

SIE MACHT SICH SORGEN UM DICH!

ABER MAGGY TUT DAS DOCH NICHT AUS RÜCKSICHT...

WO IST DENN MAGGY?

ICH GEHE STARK DAVON AUS, DASS SIE GERADE AUS RÜCKSICHT AUF MICH ALLE ARTIKEL AUS DER ZEITUNG SCHNEIDET, DIE EIN SCHLECHTES LICHT AUF MICH WERFEN.

JEDEN TAG FLATTERN DROHBRIEFE INS HAUS...

... UND NEULICH WOLLTE DICH SOGAR JEMAND UMBRINGEN!

AUCH ICH MACHE MIR GROSSE SORGEN...

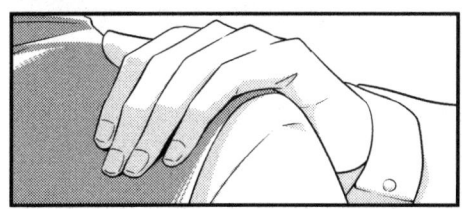

FWDD

SAM...

ICH KANN VERSTEHEN, DASS DU BE-SORGT BIST.

... ICH BIN NUN EINMAL NIEMAND, DER SEINE IDEALE VERRÄT UND SICH VON SOL-CHEN DUCKMÄUSERN EINSCHÜCHTERN LÄSST, DIE MIT DROHUNGEN UM SICH WERFEN!

ABER...

NICHT MEHR LANGE, DAS VERSPRECHE ICH DIR!

ICH...

ABER ...

SIEH MICH AN, SAM!

... DANN WARTET EINE WELT DER GLEICHHEIT AUF DICH, IN DER DU NICHT MEHR SO SCHWER ZU KÄMPFEN HABEN WIRST!!

WENN MEIN ENTWURF ERST EINMAL DURCH IST UND DIE GESELLSCHAFT SICH ÄNDERT...

DEIN BRUDER WIRD UNSERE GESELLSCHAFT ZUM UMDENKEN BEWEGEN, GANZ GEWISS!

DA HAT ER RECHT.

KLANG

BRUDER...

ICH...

ROBINSON WIRD SIE DRAUSSEN BEWACHEN, UND ICH, STURRIDGE, SORGE IN IHREM ZUHAUSE FÜR IHREN SCHUTZ...

AUCH WENN SICH DIE UNTERSUCHUNGEN SCHWIERIG GESTALTEN, SO MACHEN WIR IN SACHEN DER DROHBRIEFE DOCH FORTSCHRITTE. SEIEN SIE GANZ UNBESORGT!

SIE WERDEN SICH KEINER FORM DER NÖTIGUNG FÜGEN MÜSSEN, HERR ABGEORDNETER!

WIR VON SCOTLAND YARD WERDEN FÜR SEINE SICHERHEIT GARANTIEREN...

DAS BIN
ICH. BIS
SPÄTER.

SEI VOR-
SICHTIG!

BIS
NACHHER,
BRUDER.

MR WHITELEY,
WIR SOLLTEN
UNS LANGSAM
AUF DEN WEG
MACHEN...

SCHON SO
SPÄT?

GALAPP

GALA
PP
GALA
PP

...

AUF
DIE POLIZEI
IST VERLASS,
MEIN JUNGE.
MR WHITELEY
IST IN GUTEN
HÄNDEN, DA
BIN ICH MIR
SICHER.

ACH JA... DIE VON IHNEN GELADENEN GÄSTE WERDEN NACH DER ZEREMONIE DEN PARK BETRETEN.

NACH SEINER BEGRÜSSUNG SIND SIE DRAN.

GALAPP GALAPP

DER PARK, FÜR DEN SIE SICH SO EINGESETZT HABEN, WIRD HEUTE ENDLICH ERÖFFNET!

BEI DER ZEREMONIE, DIE DER BEZIRKS-BÜRGERMEISTER ABHALTEN WIRD, WERDEN NUR SIE UND ER AUF DER BÜHNE SEIN...

OH JA!

ALLE WERDEN BESTIMMT GANZ ENTZÜCKT SEIN!

IN ORDNUNG. BESTEN DANK.

ICH FREUE MICH SCHON.

HM...

NICHT
SCHLECHT.

JA,
BRUDER.

DOCH DANK
WHITELEYS EINSATZ
WURDE DAS GEBIET
GROSSFLÄCHIG SANIERT
UND ALS »NORTH
CROSS PARK«
NEU ANGELEGT.

DIE GEGEND
HIER WAR BIS VOR
KURZEM NOCH EIN
HEISSES PFLASTER.
ALL DIE VERLASSE-
NEN FABRIKGEBÄUDE
WAREN DER REINSTE
NÄHRBODEN FÜR
KRIMINELLE MACHEN-
SCHAFTEN, NICHT
WAHR?

JA,
GEHEN
WIR...

DANN LASS
UNS MAL
SEHEN, WIE
WEIT ES MIT
WHITELEYS
MENSCHLICH-
KEIT HER IST,
WILLIAM!

JA.

DIE ERÖFF-
NUNGSZERE-
MONIE BEGINNT
JEDEN MOMENT.

WAS IST DENN HIER LOS?!

OH MEIN GOTT!

DAS WAR DOCH GANZ ANDERS GEPLANT...!!

DASS NEBEN DEM BEZIRKSBÜRGERMEISTER UND MR WHITELEY NOCH ANDERE LEUTE AUFTRETEN, WAR MIR ÜBERHAUPT NICHT KLAR...

UND ZU ALLEM ÜBEL...

... SIND DAS AUSSCHLIESSLICH ABGEORDNETE, DIE MR WHITELEYS ENTWURF ENTSCHIEDEN ABLEHNEN!

AUF WESSEN MIST IST DAS NUR GEWACHSEN?!

MR WHITELEY!!

DIE GANZE ZEREMONIE WIRD NUR DARAUF ABZIELEN, MR WHITELEY IN DIE MANGEL ZU NEHMEN!

SO KANN DER BEZIRKSBÜRGERMEISTER JA GAR NICHT ANDERS, ALS AUCH DIESE ABGEORDNETEN ZU WORT KOMMEN ZU LASSEN...

... ERFÜLLT ES MICH MIT GROSSER FREUDE, IHNEN HEUTE DIE ERÖFFNUNG DIESES WUNDERVOLLEN PARKS BEKANNT GEBEN ZU DÜRFEN.

WILLKOMMEN, WERTE BÜRGERINNEN UND BÜRGER!

MEIN NAME IST DEMPSTER. ALS BEZIRKSBÜRGERMEISTER...

UND DANN NOCH DAS...

... GRÖSSTE ALLER HINDERNISSE...

ES WAR GEWISS KEIN EINFACHER WEG BIS ZUR ERÖFFNUNG DES NORTH CROSS PARKS...

KRIMINALITÄT... PROBLEME MIT DEM GRUNDSTÜCK...

MR ADAM WHITELEY, DER HIER LEIBHAFTIG VOR UNS SITZT!!
DER ANFANGS BESCHLOSSENEN PLANUNG DES PARKS HAT ER URPLÖTZLICH SEI-NE ZUSTIMMUNG ENTZOGEN!!
D...DAS HAT ER GETAN...?!
RAUN
STIMMT DAS DENN?
...
NUR UM DANN MIT STOLZGE-SCHWELLTER BRUST NEUE PLÄNE VOR-ZULEGEN, DIE ER SELBST ENTWORFEN HABEN SOLL!
DIESEL-BEN HAT ER...
... UNS DANN MIT GEWALT AUFGE-ZWUNGEN!

UND DIE MORAL VON DER GESCHICHTE?

DAS ANFANGSBUDGET WURDE UM EIN VIELFACHES ÜBERSCHRITTEN!

EINMAL GERIETEN SOGAR DIE BAUARBEITEN KOMPLETT INS STOCKEN!!

NUR WEIL MAN BEIM VOLK BELIEBT IST, KANN MAN DOCH NICHT EINFACH MACHEN, WAS MAN WILL!!

WOHL WAHR!

WHITELEY WOLLTE DAS GELÄNDE HIER WOHL ALS KRIMINELLEN UMSCHLAGPLATZ ERHALTEN, ODER?

ZU STARK WAR UNSER WUNSCH, HIER EINEN SCHÖNEN PARK ERRICHTEN ZU WOLLEN!

TROTZ ALLER HINDERNISSE BLIEBEN WIR STANDHAFT UND LIESSEN UNS NICHT VON UNSEREM VORHABEN ABBRINGEN...

MR WHITELEY...

DASS WIR HEUTE IN DIESEM SCHÖNEN PARK STEHEN, VERDANKEN WIR JEDOCH NICHT IHM, SONDERN ALL DEN HIER ANWESENDEN ABGEORDNETEN!

LETZTEN ENDES KAM MR WHITELEY MIT SEINEM PRIVATKAPITAL FÜR DIE MEHRKOSTEN AUF. ICH SCHÄTZE, IHM WAR BEI DER SACHE SELBST UNBEHAGLICH GEWORDEN...

DAS MÖCHTE ICH AN DIESER STELLE NOCH EINMAL NACHDRÜCKLICH ERWÄHNT HABEN!

OHNE DEN UNERMÜDLICHEN EIFER DIESER EHRENWERTEN HERRSCHAFTEN HÄTTEN DIE ENDLOSEN PLANÄNDERUNGEN NIE ZU EINEM GREIFBAREN ERGEBNIS GEFÜHRT...

DÜRFTE ICH DEN REPRÄSENTANTEN SPENCER ANS PULT BITTEN?

MEINE SEHR VEREHRTEN DAMEN UND HERREN... ICH BITTE UM EINEN GROSSEN APPLAUS FÜR DIE ABGEORDNETEN HIER, DIE ALLES GEGEBEN HABEN FÜR UNSEREN PARK!

ES SCHMERZT
MICH, AN SOLCH
EINEM FREU-
DIGEN TAG SO
ETWAS SAGEN
ZU MÜSSEN...

WERTE
BÜRGERIN-
NEN UND
BÜRGER...

... ABER EINES
DARF ICH
IHNEN NICHT
VORENTHAL-
TEN...

... HANDELT
ES SICH
BEI MR
WHITELEY
UM DEN
REINSTEN
DESPOTEN!

WIE SIE
DER REDE DES
BÜRGERMEIS-
TERS BEREITS
ENTNEHMEN
KONNTEN...

BEI SEINEM
REFORM-
ENTWURF
DES WAHL-
GESETZES
WAR ES
GENAUSO!!

NOCH
KEIN EINZI-
GES MAL HAT
ER MIT UNS,
DIE WIR ZUR
SELBEN PAR-
TEI GEHÖREN,
RÜCKSPRACHE
GEHALTEN!

DAS
STIMMT!

DAS ZEIGTE
SICH NICHT
NUR BEI DEN
BAUARBEI-
TEN... NEIN,
DAMIT HABEN
WIR AUCH
TÄGLICH IM
UNTERHAUS
ZU KÄMP-
FEN!

IST DAS DENN WAHR?

SIE MÜSSEN WISSEN, DASS DIE REFORM DES WAHLGESETZES EIN THEMA IST, DAS UNS ALLEN AM HERZEN LIEGT, AUCH DEN HIER ANWESENDEN ABGEORDNETEN...

ER WOLLTE IM ALLEINGANG SEINEN RE-FORMENTWURF VORLEGEN UND STÜRZTE DABEI DAS GANZE PARLAMENT UNNÖTIGER-WEISE INS CHAOS!

IN DEN VERSAMM-LUNGEN DES UNTERHAUSES WAREN WIR UNS DIESBEZÜGLICH UNEINS, ABER DAS STÖRTE IHN NICHT...

!!

LASSEN SIE ES MICH MIT ANDE-REN WORTEN AUSDRÜCKEN...

DAS EIGEN-MÄCHTIGE VERHALTEN WHITELEYS HAT JEDOCH DAZU GEFÜHRT, DASS DERLEI VERHANDLUN-GEN VORERST KOMPLETT EINGESTELLT WORDEN SIND!

IN WIRKLICHKEIT GAB ES SOGAR HINTER VER-SCHLOSSENEN TÜREN BEREITS VERHANDLUNGEN DES UNTERHAU-SES MIT DEM OBERHAUS, WAS DIE NÄCHSTE ANPASSUNG DES WAHLGESETZES ANBELANGT...

WHITELEY SOLL DIE REFORM BEHINDERN?!

?!

WENN WIR JETZT ANFANGEN, MIT DEM OBERHAUS NACH ALLEN REGELN DER KUNST ÜBER DIESE REFORM ZU DISKUTIEREN, DANN WERDEN WIR IN 30 JAHREN NOCH KEIN STÜCK WEITER SEIN ALS JETZT!

DASS ICH NICHT LACHE!

DIE GRÖSSTE HÜRDE AUF DEM WEG ZUR REFORM IST KEIN ANDERER ALS WHITELEY SELBST!!

DANKE FÜR IHRE AUFMERK- SAMKEIT!

RAUN

MEINE WER- TEN BÜRGER! SCHENKEN SIE NICHT NUR DEN LEICHT VERDAULICHEN NACHRICHTEN GEHÖR!

VER- GEWISSERN SIE SICH SELBST DAVON, WER WAHRHAFTIG IM SINNE DER BÜRGER HANDELT!

RAUN

RAUN

NUR DESHALB PRESCHT MR WHITELEY DOCH SO NACH VORN, AUCH WENN ES IHN KOPF UND KRAGEN KOS- TET!!

30

DANN BITTE ICH NUN DEN ABGEORDNETEN WHITELEY ANS REDNERPULT!

VIELEN DANK, AB-GEORDNETER SPENCER!

NUN... HÖREN WIR ERST MAL, WAS WHITELEY DAZU SAGT...

DENKT IHR, DA IST WAS DRAN?

...

PARIEREN SIE EINEN VORWURF NACH DEM ANDEREN UND LEGEN SIE IH-REN GEDANKENGANG UNMISSVERSTÄNDLICH DAR, DANN WERDEN SIE GANZ SICHER AUCH VERSTANDEN!!

MR WHITELEY...

SIE MÜSSEN ALLE AN-SCHULDIGUNGEN VEHEMENT VON SICH WEISEN!

DAS DÜRFEN SIE NICHT AUF SICH SITZEN LASSEN... ES GEHT UM IHREN GUTEN RUF!

RAUN

RAUN

ICH BIN MIR SICHER, DASS MR WHITELEY SEINE GUTEN GRÜNDE HATTE...

HOFFENTLICH LEGT ER JETZT RECHENSCHAFT AB!

RAUN

...

ALSO...

WAS SIE SOEBEN VOM BEZIRKSBÜRGER- MEISTER UND DEM ABGEORDNETEN SPENCER ÜBER DEN ENTSTEHUNGSPRO- ZESS DIESES PARKS GEHÖRT HABEN...

... ENTSPRICHT GÄNZLICH DER WAHRHEIT!

SIE BESTREI- TEN ES NICHT?!

WAS?!

ES IST WAHR?!

UND WIR STANDEN HINTER IHNEN!

RAUN

RAUN

RAUN

ICH WAR MIR AUCH DESSEN BEWUSST, DASS ES UNTER DER HAND BEREITS VERHANDLUNGEN ZWISCHEN BEIDEN HÄUSERN ÜBER EINE GESETZESREFORM GEGEBEN HATTE.

ES STIMMT, DASS ICH MICH AUFGRUND MEINER EGOISTISCHEN HALTUNG OHNE NOT IN DIE BAUPLANUNG EINGEMISCHT HABE.

ICH GEDENKE JEDOCH TROTZ ALLEDEM, MEINEN GESETZESENTWURF VORZULEGEN.

HABEN SIE ETWA ANGST, SICH UM KOPF UND KRAGEN ZU REDEN, IST ES DAS?

HÄ?! DAS WAR'S?!

ABSCHLIESSEND MÖCHTE ICH NOCH BETONEN, DASS ICH ES AUFRICHTIG BEDAUERE, DASS SICH DIE FERTIGSTELLUNG DES PARKS MEINETWEGEN MASSGEBLICH VERZÖGERT HAT.

!

RAUN

DAS AKZEPTIEREN WIR NICHT ALS ERKLÄRUNG! SIE SIND UNS RECHENSCHAFT SCHULDIG!

WENN DAS MAL KEIN SCHLAG INS GESICHT WAR...

RAUN

ICH DANKE IHNEN FÜRS ZUHÖREN.

WAS SOLLTE DAS?!

MR WHITE-LEY!

WENN SIE IHRE MIT DEM BAU DES PARKS VERBUNDENEN ABSICHTEN GESCHILDERT HÄTTEN...

WAS MEINST DU, MARCUS?

... DANN WÄRE DOCH JEDEM KLAR GEWORDEN, DASS ES MIT EINEM HER-KÖMMLICHEN PARK EBEN NICHT GETAN GEWESEN WÄRE!

WARUM HABEN SIE KEINE EINZIGE DER ANSCHULDIGUN-GEN VON SICH GEWIESEN?!

HA HA HA!

WAS KÜMMERT MICH MEIN RUF?

MEINEN RUF?

SIE MAG DAS VIELLEICHT NICHT SONDERLICH STÖREN, ABER MICH FRUSTRIERT DAS DURCHAUS!!

DAS WÄRE IHRE CHANCE GEWESEN, IHREN RUF REINZUWA-SCHEN!

36

ICH GLAUBE, DAHINTEN KOMMEN MEINE GÄSTE!

SIEH DOCH MAL, MARCUS...

... SIND DIE KINDER DORT?

IHRE GELADENEN GÄSTE...

FÜR UNS WAR ES IMMER SCHWIERIG, IM PARK SPIELEN ZU GEHEN...

ABER HIER IST ES SICHER!

SO EINEN ORT GAB'S NOCH NIE!!

WAHN-SINN!!

IN DEM GANZEN PARK HIER GIBT'S WIRKLICH KEINE EINZIGE STUFE!!

SKRSCH

TREIBT ES NICHT ZU BUNT, KINDER! AUCH WENN DER PARK ROLLSTUHLGE-RECHT IST!

AUF DIE PLÄTZE... FERTIG...

LOS!!

SWUSCH

JA, KLAR!!

ICH AUCH!

HEY! MA-CHEN WIR EIN WETTRENNEN BIS ZU DEM BAUM DA!

DAS LACHEN DIESER KINDER BEDEUTET MIR ALLES.

ICH HABE MEIN ZIEL ERREICHT.

ALSO DAS...

GENAU DAS WOLLTE ICH SEHEN!

MR WHITE- LEY...

ICH WÜNSCHE MIR NUR DAS HIER...

MEIN RUF IST MIR EGAL!

... LORD
MORIARTY?

SIND SIE
NICHT...

GUT.

ABER
NATÜRLICH.
MARCUS,
INSPECTOR,
LASSEN SIE
MICH KURZ
ALLEIN?

GUTEN
TAG, MR
WHITELEY.

VERZEIHEN SIE
MEINE AUFDRING-
LICHKEIT, ABER
KÖNNTEN WIR
UNS FÜR EINEN
MOMENT UNTER
VIER AUGEN
UNTERHALTEN?

NUN...

ES GEHT UM EINE BITTE, MIT DER ICH MICH ALLEIN AN SIE WENDEN KANN.

ALSO...

WORUM GEHT'S?

WAS IN ALLER WELT KÖNNTE EIN ABGEORDNETER DES OBERHAUSES DENN VON MIR WOLLEN?

...

WIE SIE SICHER WISSEN, HATTE ICH, ALS ICH NOCH BEIM KRIEGSMINISTERIUM WAR, REIN ZUFÄLLIG EINE GEHEIME HANDELSROUTE AUFGEDECKT, AUF DER NICHT WENIGE ABGE-ORDNETE MIT OPIUM GEHANDELT HABEN...

ACH, DAS BIN ICH NUR DEM NAMEN NACH!

SEITHER BIN ICH IM OBERHAUS KEIN SEHR GERN GESEHENER GAST.

UND WORUM GEHT ES JETZT?

VER– STEHE...

AUCH WENN ICH ZUM ADEL GEHÖRE, BIN ICH DES OBERHAUSES UND ALLEM, WAS DAZU GEHÖRT, DOCH GÄNZLICH ÜBERDRÜSSIG GEWORDEN.

DAS IST GENAU DAS, WAS SIE NUN AM MEISTEN BRAUCHEN...

... ABER ICH MÖCHTE IHNEN DAS HIER ÜBERREICHEN...

NUN... ALS MITGLIED DES OBERHAUSES BEKOMME ICH DAFÜR SICHER KEINEN ORDEN...

WAS IST DAS?

DAS IDEALE DRUCKMITTEL FÜR GEHEIME VERHANDLUNGEN MIT DEM OBERHAUS!

!!

SO VIEL KONNTE ICH AUS IHNEN HERAUSLESEN. DESHALB VERTRAUE ICH IHNEN DIESE DOKUMENTE AN.

JEMAND WIE SIE WÜRDE SOLCHE INFORMATIONEN SICHER NIEMALS IM DIENSTE DER EIGENEN REPUTATION EINSETZEN...

A... ABER...

WAS SIE DAMIT ANSTELLEN, STEHT IHNEN FREI.

FWPP

HM...

...

SOLANGE SIE KEINEN SINNESWANDEL VOLLZIEHEN, STEHE ICH AUF IHRER SEITE!

LORD MORIARTY...

SIE ENT-SCHULDIGEN MICH.

EIN RECHT ANGENEHMER ZEITGENOSSE, WILLIAM...

GALAPP

JA...

WAS DIE MACHT ANGEHT, DIE WIR IHM GERADE VERLIEHEN HABEN...

DANK DER VON DIR INSZE-NIERTEN ZEREMONIE KONNTEN WIR UNS VON WHITELEYS MENSCHLICHKEIT ÜBERZEUGEN.

... NOCH VOR EINIGE UNANGENEHME ENTSCHEIDUNGEN STELLEN...

SIE WIRD IHN UND WOHL AUCH UNS...

... WÄRE ER FRÜHER ODER SPÄTER VON DER BILDFLÄCHE VERSCHWUNDEN. ER WAR EINFACH NICHT STARK GENUG...

OHNE UNSER ZUTUN...

... WIRD AUF JEDEN FALL VON SEINEM WEITEREN VORGEHEN ABHÄNGEN.

OB ER DIESEN PREIS BEZAHLEN KANN ODER NICHT...

DIE VERWIRK-LICHUNG EINES ZIELS IST IMMER MIT GEWISSEN KOSTEN VER-BUNDEN...

UND WENN DAS VORHABEN DARIN BESTEHT, UNSER LAND UM-ZUWÄLZEN, DANN WIRD DAFÜR AUCH EIN ENTSPRECHEND HOHER PREIS FÄLLIG.

DU HAST RECHT...

KOMM, WIR GEHEN!

49

HILFE ...

ARGH ...

W... WARTET!

ICH HABE DOCH WHITELEYS ATTENTÄTER AUSGESCHALTET! GENAU WIE IHR ES VON MIR VERLANGT HABT!

Baustelle der London Underground

GUT ...

FWO TSCH

DIE LEICHE DES POLIZEIBEAMTEN SOLL GEFUNDEN WERDEN. SO HAT ES UNS MR MILVERTON AUFGETRAGEN.

LASSEN WIR IHN EINFACH SO LIEGEN.

UNSER NÄCHSTES ZIEL...

DER KLEINE BRUDER DES ABGEORDNETEN!

... IST SAM WHITELEY ...

#37 | Der weiße Ritter
von London, Akt 3

SO BRISANT SOGAR, DASS SIE DAMIT DAS GANZE OBERHAUS STÜRZEN KÖNNTEN!

EIN BEWEIS FÜR DIE UNRED-LICHKEIT DES OBERHAUSES!

...

WAS SIE DAMIT ANSTELLEN, STEHT IHNEN FREI.

CRAF MORIARTY HAT MIR EIN DOKUMENT IN DIE HÄNDE GESPIELT, MIT DEM ICH DIE MACHENSCHAFTEN DES OBERHAUSES OFFENLEGEN KÖNNTE...

TAK

ICH KÖNNTE DIE ABGEORDNETEN DAZU BEWEGEN, MEINEM REFORM-GESETZESENTWURF ZUZUSTIMMEN...

DANN HINGE ALLES NUR NOCH DAVON AB, WIE GUT ICH MICH IN DEN DARAUF-FOLGENDEN VERHANDLUNGEN SCHLAGE!

GNÄDIGER HERR, DER LEITENDE INSPECTOR PATERSON MÖCHTE SIE SPRECHEN!

GRÜBELST DU MAL WIEDER?

DU MACHST SO EIN ERNSTES GESICHT, ADAM...

ER SAGT, ES SEI DRINGEND. ICH HABE IHN INS EMPFANGSZIMMER GEFÜHRT...

DU KENNST MICH JA.

DANKE. ICH KOMME GLEICH.

KEINE SORGE, SAM!

DIE DINGE ENT-WICKELN SICH BESTENS.

FWPP

O.... OKAY...

VOR WENIGEN STUNDEN WURDE DER WACHTMEISTER BART FOWLER IM EAST END ERMORDET AUFGEFUNDEN.

FOWLER WAR IM HAUPTGEBÄUDE VON SCOTLAND YARD FÜR DIE BEWACHUNG DER HAFTZELLEN VERANTWORTLICH.

AUCH AN JENEM ABEND, ALS DER ATTENTÄTER ERMORDET WURDE, HATTE ER DIENST. ALS ER AM TAG DARAUF NICHT ZUM DIENST ERSCHIEN, HABEN WIR VERSUCHT, IHN AUSFINDIG ZU MACHEN.

UNSERE UNTERSUCHUNG HAT FOLGENDES ERGEBEN...

...

FOWLERS MUTTER IST SCHWER ERKRANKT. IHRE BEHANDLUNG VERSCHLINGT OFFENBAR UNSUMMEN.

VERSTEHE.

SEINE MUTTER WAR SEIN SCHWACHPUNKT, UND DEN HAT MAN AUSGENUTZT.

AM VORGESTRIGEN TAG HAT ER DEM KRANKENHAUS AUF EINEN SCHLAG 500 PFUND GEZAHLT.

DAS MISSLUNGENE ATTENTAT UND DANN DIE DROHBRIEFE... BISLANG WAREN ES NICHT GERADE PROFIS, DIE IHNEN NACH DEM LEBEN TRACHTETEN.

ALLERDINGS...

FÜR GELD HAT FOWLER DEN ATTENTÄTER ZUM SCHWEIGEN GEBRACHT...

... UND DANN WURDE AUCH ER SELBST AUS DEM WEG GERÄUMT.

VERMUTLICH IST ES SO GESCHEHEN, JA.

DIE ART UND WEISE, WIE FOWLER ZUNÄCHST ANGESTIFTET UND DANN BESEITIGT WURDE, LÄSST AUF EIN PROFESSIONELLES VORGEHEN SCHLIESSEN...

WIR MÜSSEN VOM SCHLIMMSTEN AUSGEHEN.

ICH VERSTÄRKE IHREN WACHSCHUTZ.

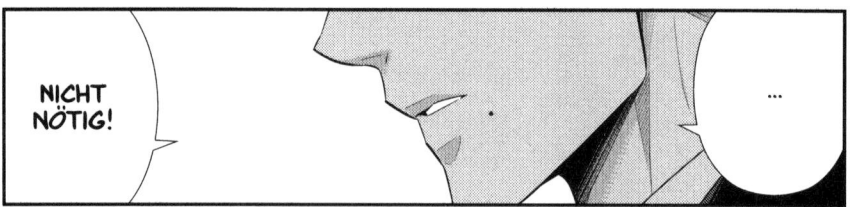

NICHT NÖTIG!

...

?!

WIESO DAS?

MEINETWEGEN KANN ALLES SO BLEIBEN WIE BISHER!

ES BRAUCHT NUR EINEN KORRUPTEN POLIZISTEN WIE FOWLER, DER AUF DIESE ART IN MEINEN ENGSTEN KREIS GESCHLEUST WERDEN KÖNNTE... VIELLEICHT BEABSICHTIGT DER DRAHTZIEHER JA GENAU DAS!

ICH WÜRDE GERNE VERMEIDEN, AUCH NUR EINEN EINZIGEN MENSCHEN ZU VIEL UM MICH HERUM ZU HABEN, DEM ICH NICHT VOLLENDS VERTRAUEN KANN...

WIR MÜSSEN SIE BESTMÖGLICH SCHÜTZEN...

WIR HABEN ES HIER MIT GROBSCHLÄCHTIGEN GAUNERN ZU TUN. DIE HABEN ZWAR KEIN GEWISSEN, ABER IN PSYCHOLOGISCHER KRIEGSFÜHRUNG SIND SIE SICHER AUCH NICHT SEHR VERSIERT.

NICHT NÖTIG!

WIE SIE DAS SAGEN, KLINGT ES JA FAST, ALS MÜSSTE MAN AUCH BEI STURRIDGE UND ROBINSON BEFÜRCHTEN, DASS SIE SIE VERRATEN.

ABER MR WHITELEY...

VER-
STEHE...

WENN
SIE ES AUS-
DRÜCKLICH SO
WÜNSCHEN.

ICH HABE
BEREITS
ÜBER MEINEN
NÄCHSTEN
ZUG NACHGE-
DACHT!

ES IST JA
NICHT SO,
ALS MÜSSTE
ICH STÄNDIG
BEWACHT
WERDEN...

PATERSON
HAT RECHT...
ICH WEISS
DURCHAUS,
DASS ICH ES
MIT EINEM
BRANDGE-
FÄHRLICHEN
GEGNER ZU
TUN HABE...

ALLERDINGS WIRD
ER NUR DANN ZU
DRASTISCHEREN
MASSNAHMEN
GREIFEN KÖNNEN,
WENN ICH UNBE-
WAFFNET BIN...

DANN BE-
LASSEN WIR
ES BEI DER
BISHERIGEN
BEWACHUNG.

DANKE!

B TAMM

ANGRIFF
IST DIE BESTE
VERTEIDIGUNG!

ZUNÄCHST SOLLTE
ICH MEIN GEGEN-
ÜBER DAHER WISSEN
LASSEN, DASS ICH IN
DIESEM KAMPF IM
VORTEIL BIN!

UND MOMENTAN...
BESITZE ICH DIE
SCHÄRFSTE WAFFE
ÜBERHAUPT!

SAGEN
SIE ALLE
PLÄNE FÜR
DEN VOR-
MITTAG
AB!

B TAMM

MAR-
CUS...

...

GALAPP

ABER MR WHITELEY, JETZT IST ES DOCH GERADE AM GEFÄHRLICHSTEN!

AUCH INSPEKTOR PATERSON SCHÄTZT DIE LAGE ALS ÄUSSERST HEIKEL EIN!

KEINE SORGE, ICH BIN BALD ZURÜCK.

KUT-SCHER!

INSPECTOR ROBINSON... ICH MUSS AUCH SIE BITTEN, HIERZU-BLEIBEN.

ICH MUSS ALLEIN ETWAS ERLEDI-GEN...

?!

Langham Hotel

BITTE FOLGEN SIE MIR.

MR WHITELEY, SIE WERDEN BEREITS ERWARTET.

JA...

BITTE...

KNARZ

!

FLAPP

SIE SIND
DOCH...

SIND DIE
OBERHAUSAB-
GEORDNETEN
DENN NOCH
NICHT HIER WIE
VEREINBART?

TOCK

GANZ
RECHT.

CHARLES
AUGUSTUS
MILVERTON
IST MEIN
NAME.

RASCHEL

ICH BIN HIER
ALS OFFIZIELLER
STELLVERTRETER
DES OBERHAUSES.

ICH HOFFE,
DAS STELLT
KEIN PRO-
BLEM DAR.

WOLLEN WIR DIREKT ZUM PUNKT KOMMEN?

NEIN...

BEI JEMANDEM VON IHREM FORMAT ERSCHEINT ES MIR NUR ANGEMESSEN, DASS DAS OBERHAUS SIE ALS VERTRETER SCHICKT.

HA HA HA!

GUT...

ICH HÖRE, SIE WOLLEN MIT MEINEM KLIENTEN, DEM OBERHAUS VERHANDELN?

MR WHITELEY.

ZUNÄCHST MÖCHTE ICH SIE BITTEN, EINEN BLICK AUF DIESES DOKUMENT ZU WERFEN...

ICH BIN SO FREI...

68

UND WAS GEDENKEN SIE DAMIT ZU TUN?

ICH VERSTEHE.

...

ERSTENS...

ICH HABE LEDIGLICH ZWEI FOR- DERUNGEN...

ICH FORDERE MEINE EIGENE UNVERSEHRTHEIT SOWIE DIE MEINER GELIEBTEN FAMILIE UND MEINER KAMERADEN. SOLLTE UNS ETWAS ZU- STOSSEN, GELANGT DIESES DOKUMENT UMGEHEND AN DIE ÖFFENTLICHKEIT!

UND WEITER?

ZWEITENS...

... WIRD AUCH DURCH DAS OBERHAUS NICHT ABGELEHNT WERDEN. WIRD ER ES DOCH, VERÖFFENTLICHE ICH DAS DOKUMENT EBENFALLS!

MEIN GESETZESENTWURF ZUR REFORM DES WAHLGESETZES, DEN ICH IM UNTERHAUS DURCHBEKOMMEN WERDE...

SOLANGE BEIDE BEHERZIGT WERDEN, ERFÄHRT VON MIR NIEMAND ETWAS.

DAS SIND IHRE FORDERUNGEN?

BITTE BEACHTEN SIE WEITERHIN, DASS DIES NUR EINE VON SEHR VIELEN KOPIEN IST. DAS ORIGINAL WIRD SELBSTVERSTÄNDLICH AN EINEM ANDEREN ORT AUFBEWAHRT.

70

ICH WERDE DAS MEINEN KLIENTEN WORT FÜR WORT SO WEITERGEBEN.

IN ORDNUNG...

FWPP

DANKE.

BESTELLEN SIE AUCH, DASS ICH AUF EINE BALDIGE ANTWORT WARTE!

... WIRD ER MICH UND MEINE LEUTE AUS ANGST VOR EINER VERÖF- FENTLICHUNG IN RUHE LASSEN.

CUT...

ER WEISS NICHT, WO SICH DAS ORIGINAL BEFIN- DET. UND SOLANGE ER SICH ÜBER DIE GENAUE ANZAHL DER KOPIEN IM UNKLAREN IST...

ANGRIFF IST EBEN DOCH DIE BESTE VERTEIDIGUNG DER WELT!

ICH WERDE MEINE GESETZESREFORM DURCHBEKOMMEN UND DAMIT DEN WEG FREIMACHEN FÜR EINE GERECH- TERE GESELL- SCHAFT! KOMME WAS DA WOLLE!

B TAMM

DAS WAR MEIS- TERLICH!

HAT ER TATSÄCHLICH VERSUCHT, MICH, DEN »KÖNIG DER ERPRES- SUNG«, ZU ERPRESSEN?!

BEDAUERLI- CHERWEISE...

HA HA HA ...

HEHE...

MR MIL- VERTON?

72

NICHT ETWA, WEIL ICH ALS STELLVER-TRETER DES OBERHAUSES AUFTRETE...

OB DAS OBERHAUS IN EINEN SKANDAL VERWICKELT WIRD ODER NICHT, KRATZT MICH NICHT IM GERINGSTEN. ABER DAS MEINE ICH GAR NICHT...

... BIN ICH VOLLKOMMEN IMMUN GEGEN SEINEN ERPRESSUNGS-VERSUCH!

ES HÄNGT DAHER ALLES DAVON AB, OB ER DIE UNREDLICHKEIT DES OBERHAUSES TATSÄCHLICH AUCH NACHWEISEN KANN.

KRTT

ERPRESSUNG KANN NÄMLICH NUR FUNKTIONIE-REN, WENN AUF DROHUNGEN AUCH TATEN FOLGEN KÖNNTEN...

EBEN DAS KANN ER JEDOCH NICHT!

UND ZWAR WEIL...

... ICH SEINEN BEWEIS ENT- KRÄFTEN WERDE!

NEIN, ICH WERDE IHN NUR EIN GANZ KLEINES BISSCHEN MISSTRAUISCH MACHEN...

ICH WERDE MIR ALLERDINGS KEINESWEGS DIE MÜHE MACHEN, ALLE MÖGLICHEN KOPIEN DES DO- KUMENTS AUFZU- TREIBEN... VIEL ZU UMSTÄNDLICH!

... UND IHN DAZU VERLEITEN, JEMANDEN ZU TÖTEN. MEHR BRAUCHT ES GAR NICHT.
DADURCH VERLIERT SEIN BEWEIS JEGLICHE ÜBER-ZEUGUNGS-KRAFT ...
DENN EINEM MÖRDER SCHENKT IM VOLK NIEMAND GEHÖR.

ICH BRINGE WHITELEY AUF DIE SEITE DES BÖSEN, ZU UNS...

... UND MACHE AUS IHM EINEN MÖRDER!

Whiteley-Anwesen

MAGGY!

KOMMST DU BITTE MAL KURZ?

MAGGY?

SQUEEK

MAGGY?

WAS HAST DU DENN?

...

OH... OH NEIN...

FTSCH

SCHNELL, EINEN ARZT!

MAGGY IST...

WAS SAGST...

... DU DA?

AH...

MR STURRIDGE!

BLPP

AH...

DAS IST
JA ENT-
SETZLICH...

EIGENTLICH WOLLTE ICH DICH AUCH NICHT UNNÖTIG LEIDEN LASSEN...

MIST!

DIR MACHE ICH NICHTS VOR...

ES TUT MIR LEID... VERGIB MIR, SAM!

MR STURRIDGE!

WIESO...?

ABER ICH HABE AUCH EINE FAMILIE...

ICH KANN NICHT ANDERS...
MIR BLEIBT KEINE WAHL...
SAM... ICH HABE WIRKLICH NICHTS GEGEN DICH, ABER DU MUSST STERBEN...
NEIN! SIE MÜSSEN DAS NICHT TUN!
ES GIBT IMMER EINEN WEG...
AHHHH!
ES TUT MIR LEID!!
WIRK-LICH!!
VERGIB MIR...!!

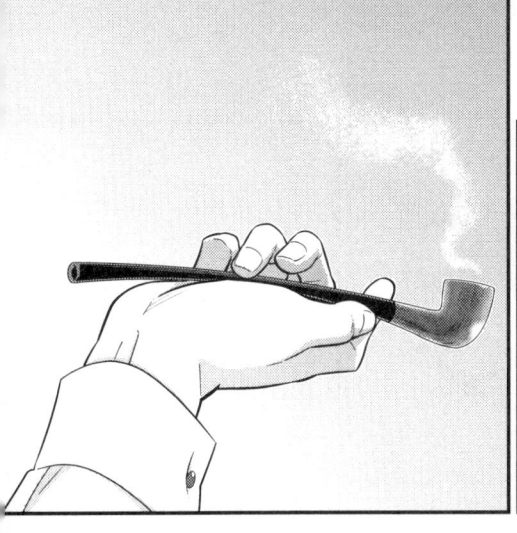

Milverton-Anwesen

DANKE FÜR DEN BERICHT.

SOMIT WÄREN ALSO ALLE VORBEREITUNGEN GETROFFEN.

SIE LIEBEN DIESE VORGEHENS- WEISE GERADEZU, NICHT WAHR, MR MILVERTON?

NICHT DOCH!

ICH UND GOSLING HIER KOMMEN DABEI JA AUCH AUF UNSERE KOSTEN...

HÖRE ICH DA ETWAS SARKAS- MUS?

GIBT ES EIN PRO- BLEM?

DIE GESCHICHTEN VON ALL DEN HEILIGEN SIND IM GRUNDE NICHT VON BELANG, DIE KANN MAN IGNORIEREN...

HAST DU JE DIE BIBEL GE- LESEN?

HMF... ACH JA, HARRY...

WAS MAN IN DER BIBEL GELESEN HABEN SOLLTE, DAS SIND DIE SCHILDERUNGEN DER TEUFEL UND DÄMONEN!

IST DAS NICHT DAS BUCH, IN DEM JEMAND WAS- SER ZU WEIN MACHT?

VERBOTENES VERGNÜGEN...

GANZ RECHT.

SEIT ANBEGINN DER GESCHICHTE GIBT ES FÜR DEN MENSCHEN KEINE GRÖSSERE VERSUCHUNG ALS DAS BÖSE...

DIESES VERGNÜGEN VOLL AUSZUKOSTEN, IST DIE WAHRE ESSENZ DES BÖSEN!

PARADOXERWEISE IST DER MEISTERVERBRECHER DAMIT NICHT MEHR ALS DAS, WAS IN UNSERER GESELLSCHAFT PER DEFINITION ALS BÖSE GILT.

DAS BÖSE LEITET SICH IM GRUNDE VON DEN REGELN AB, DIE DER MENSCH EINMAL FESTGELEGT HAT, VON SEINER VORSTELLUNG VON MORAL...

IN DER BIBEL IST DESHALB OFT VOM VERBOTENEN VERGNÜGEN DIE REDE.

ICH HINGEGEN BIN ANDERS...

FÜR MICH GIBT ES KEIN GRÖSSERES VERGNÜGEN, ALS MENSCHEN INS VERDERBEN ZU STÜRZEN UND SIE DAZU ZU VERLEITEN, EBENFALLS BÖSES ZU TUN!

DENN ICH BIN DAS WAHRHAFTIG BÖSE!

ES IST SO WEIT!

DIE MACHT, MENSCHEN INNERHALB UNSERER GESELLSCHAFT ZU BEEINFLUSSEN, ERHALTE ICH MIR ALLEIN DESHALB, WEIL ICH VON DIESEM VERGNÜGEN EINFACH NICHT GENUG BEKOMMEN KANN.

DAS IST MEIN EINZIGER ANTRIEB.

UNSER PROTA-GONIST WHITELEY MÜSSTE GLEICH ZU HAUSE SEIN...

KNRRZ

MAGGY?

?

MAGGY!

WIE SIEHT DENN DAS BLUMENBEET AUS?!

SAM! MAGGY!

HALLO?!

IST JEMAND ZU HAUSE?!

HASP

...

WAS IST DENN LOS? HÖRST DU MICH?!

KRGK

MARCUS!

MEIN
GOTT...

!!

NEIN...

AH...
AH...

SAM...

WIESO...?
WIESO... MUSSTEST DU STER-BEN...?
SAM...
MEIN LIEBER SAM...
EINE WELT OHNE DICH...
WAS SOLL ICH DENN DAMIT...?
...

WER IST DA?!

TOCK

SIE ALLEIN HABEN ÜBER-LEBT...?

WAS IST DENN NUR PASSIERT?!

HASP

STUR-RIDGE ...?!

STURRIDGE...

ICH...
HABE DREI
MENSCHEN
ERMORDET...

WHITE-
LEY.

ICH...
HABE ES
GETAN...

SIE ELEN-
DER...

UNSER ACH
SO RECHTSCHAF-
FENER POLITIKER
WHITELEY, DER IN
DER GESELLSCHAFT
DERART ANGESEHEN
WAR, WIRD SOGLEICH
SEINE WEISSE WESTE
BESCHMUTZEN...

WENN
DAS NICHT
DAS ULTIMATIVE
VERGNÜGEN IST,
DANN WEISS
ICH ES AUCH
NICHT...

DURCH
MEINE
HAND...

JA...

#38 | Der Weiße Ritter von London, Akt 4

STUR-
RIDGE...

SIE
ELENDER
...

DAS
WAREN
NICHT
EINFACH
NUR DREI
MEN-
SCHEN...

SIE HABEN
MIR MEINE
FAMILIE
GENOM-
MEN!

JA...

DAS HABE ICH, MR WHITELEY...

SAM...

SAM SITZT IM ROLLSTUHL UND KONNTE NOCH NICHT MAL DAVON- LAUFEN!

WARUM HAST DU MIR MEINEN BRUDER GE- NOMMEN?!

!!

WARUM?!

WAS...?

ES IST WAHR, MR WHITELEY!

ICH WURDE GEZWUNGEN, ES ZU TUN...

»TÖTE DIE GESAMTE FAMILIE DES ABGEORDNETEN UND BEICHTE IHM ANSCHLIESSEND DEINE TAT!«

»WENN DU DAS TUST, LASSEN WIR DEINE FRAU UND DEIN KIND UNVERSEHRT FREI«, HABEN SIE GESAGT...

UNBEKANNTE HABEN MEINE EHEFRAU UND MEIN KIND ENT-FÜHRT UND MICH ZU DIESER TAT GEZWUNGEN ...

DIE ENTFÜH-
RER BEDEUTETEN
MIR AUCH, DASS
ES VON MEINER
REUEBEKUNDUNG
ABHÄNGEN WÜRDE,
OB SIE MIR VER-
GEBEN WÜRDEN
ODER NICHT...

ERPRES-
SUNG...?!

ICH
WUSSTE
MIR NICHT
ANDERS ZU
HELFEN!

NUR SO
KONNTE
ICH MEINE
EIGENE
FAMILIE
SCHÜTZEN!!

ES HÄTTE
TROTZDEM
EINEN ANDEREN
WEG GEBEN
MÜSSEN!!

ICH BIN MIR
BEWUSST... DASS
ICH FÜR DIESE TAT
MEHRFACH DEN
TOD VERDIENE...

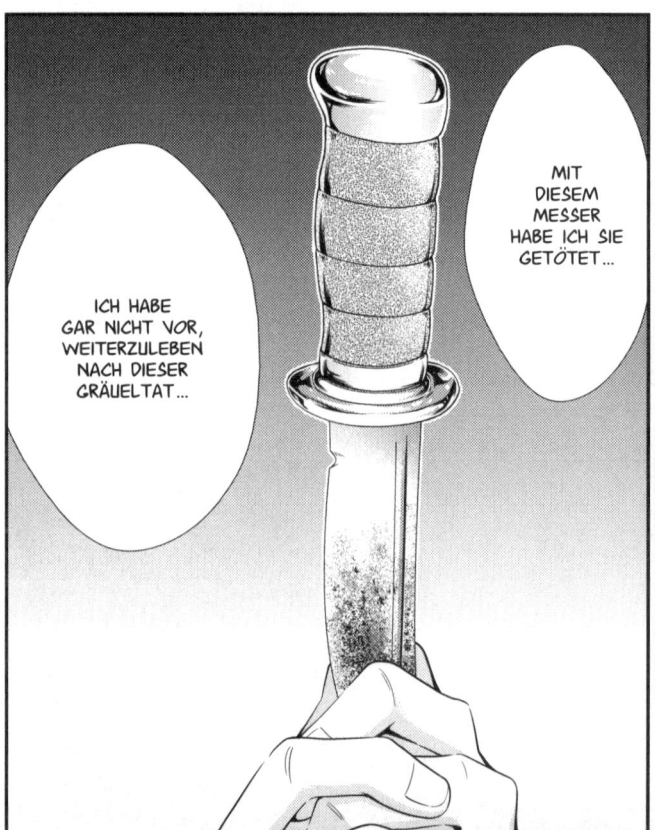

SOLANGE
MEINE FRAU
UND MEIN
KLEINES KIND
IN SICHERHEIT
SIND, IST MIR
EGAL, WAS
MIT MIR GE-
SCHIEHT...

MIT
DIESEM
MESSER
HABE ICH SIE
GETÖTET...

ICH HABE
GAR NICHT VOR,
WEITERZULEBEN
NACH DIESER
GRÄUELTAT...

DOMPP

106

BITTE...
RICHTEN
SIE MICH...

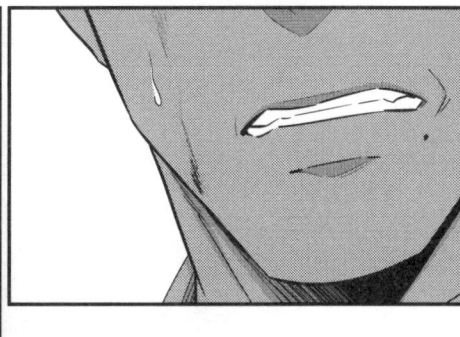

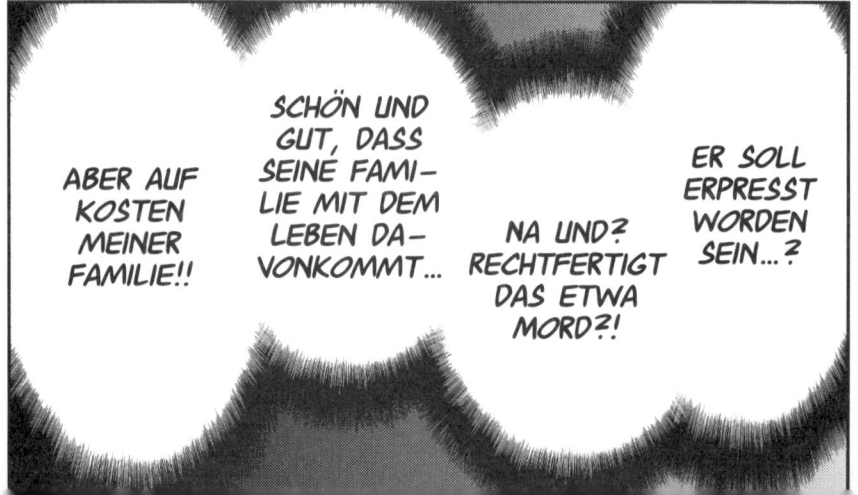

SAM...

WAS HAT MEIN LEBEN DENN JETZT NOCH FÜR EINEN SINN!! ?

OHNE DICH SEHE ICH KEINEN GRUND MEHR, DIESE WELT NOCH VERÄNDERN ZU WOLLEN...

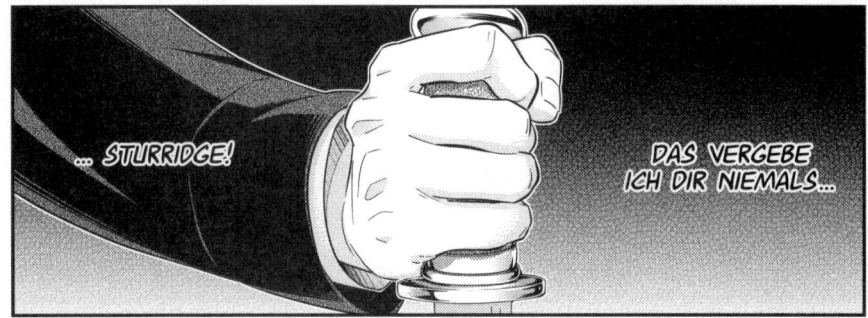

... STURRIDGE!

DAS VERGEBE ICH DIR NIEMALS...

DU HAST MIR ALLES GENOMMEN...

DAS KANN ICH DIR NICHT VERZEIHEN!

ABER...

WENN ICH MICH VON MEINER WUT LEITEN LASSE UND IM AFFEKT EINEN MORD BEGEHE...

... WIRD ES KEIN ZURÜCK MEHR GEBEN...

ICH KANN MIR NICHT VORSTELLEN, DASS SAM DAS GEWOLLT HÄTTE...

UGH...

UGHHH...

MUSS ICH DIESEM MISTKERL... ETWA DOCH VERGEBEN...?!

110

ICH KANN NIEMANDEN TÖTEN...

ALSO DOCH...

ICH KANN ES NICHT...

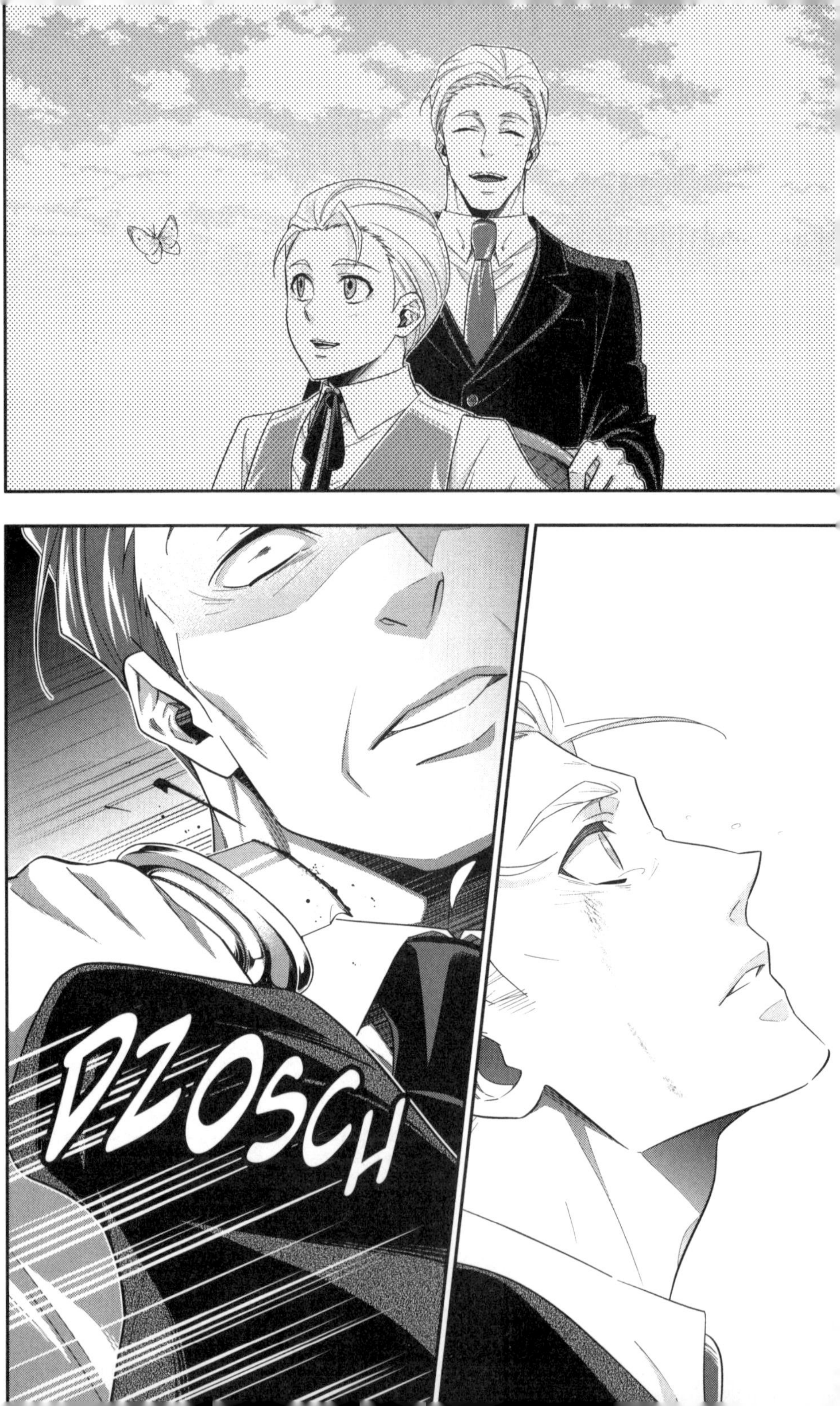
DZOSCH

Hah...

Hah...

Hah...

WOMM

WAS HAB ICH NUR GETAN?!!

OH, WAS HAB ICH GETAN...?

ALLES, WAS MIR HEILIG WAR, HABE ICH VERLOREN...

WAS ICH GETAN HABE, KANN NIE MEHR RÜCKGÄNGIG GEMACHT WERDEN...

DAS...

... WAR'S FÜR MICH...

EINE NACHRICHT?

JA.

DIE WURDE VORHIN ZUGE-STELLT, ADRES-SIERT AN DEN HAUSVORSTAND DES ANWESENS.

IM UMSCHLAG WAR EINE NOTIZ MIT DER ADRESSE EINES FRIEDHOFS IM STADTTEIL CHISWICK...

... UND EIN TASCHENTUCH MIT EINEM AUF-GESTICKTEM »W«.

DER BOTE SAGTE, EIN MASKIERTER HABE IHM EIN PFUND FÜRS ÜBERBRINGEN GEGEBEN.

TOCK

BEGEBEN WIR UNS ZU DER GENANNTEN ADRESSE.

HM...

EIN »W« ...

116

DANKE, DASS SIE GEKOMMEN SIND, LORD MORIARTY!

HABEN SIE MICH GERUFEN?

JA, DAS WAR ICH.

MR WHITELEY...?

ENTSCHUL-
DIGEN SIE
VIELMALS!

MIT
MEINER
NACHRICHT
WOLLTE ICH
IHNEN AUF GAR
KEINEN FALL
UMSTÄNDE BE-
REITEN. DAHER
HABE ICH AUCH
IHREN NAMEN
WEGGELASSEN...

BEI
DIESEM
GRAD AN
GEHEIM-
HALTUNG...

... FRAGE
ICH MICH,
WORUM
ES GEHEN
KÖNNTE...

ICH WOLLTE
ES IHNEN ZU-
RÜCKGEBEN.

ES GEHT
UM DAS BE-
WEISMATERIAL,
DAS SIE MIR
ANVERTRAUT
HABEN...

...

HÖREN
SIE MICH
BITTE IN
RUHE AN...

UND WIESO,
WENN ICH
FRAGEN
DARF?

...

DER POLIZIST, DER MICH UND MEINE LIEBSTEN HÄTTE BESCHÜTZEN SOLLEN, HAT MEINE FAMILIE ABGESCHLACHTET...

ICH... KONNTE IHM NICHT VERGEBEN UND HABE IHN IM AFFEKT GETÖTET.

ICH HABE VORHIN MIT DIESER, MEINER EIGENEN HAND, EINEN MENSCHEN ERMORDET!

ABER WAS SAGE ICH DA...? ICH WEISS JA NICHT EINMAL, OB DAS ÜBERHAUPT STIMMT...

OFFENBAR HATTE MAN IHM GEDROHT, DASS SEINE FRAU UND SEIN KIND STERBEN WÜRDEN, WENN ER NICHT MEINE FAMILIE ERMORDET.

ICH
STECKE
IN DER
KLEMME...

ICH KANN
MICH NICHT
EINMAL AUS
FREIEN STÜCKEN
DER POLIZEI
STELLEN...

ICH
HABE EINEN
MENSCHEN
GETÖTET.

DIESES
PROBLEM
BETRIFFT
NICHT MEHR
LÄNGER MICH
ALLEINE...

NOCH DAZU
EINEN POLIZEIBEAM-
TEN... EIN GEFUNDENES
FRESSEN FÜR MEINE
POLITISCHEN GEGNER!
VON MEINEM GESET-
ZESENTWURF EINMAL
GANZ ZU SCHWEIGEN,
WÜRDE ICH DAMIT AUCH
ENDGÜLTIG DEN WEG
HIN ZU EINER GERECH-
TEREN GESELLSCHAFT
VERBAUEN...

OHNE JEGLICHE BESTRAFUNG KANN UND WILL ICH NICHT WEITERLEBEN...

UND WAS GEDENKEN SIE ZU TUN?

ICH VER- STEHE.

TOCK

AM LIEBSTEN WÜRDE ICH MIT MEINEM EIGENEN LEBEN FÜR MEINE TAT BÜSSEN...

WER SIND SIE?

121

SIE HABEN...

... ALSO AUCH EINEN BRUDER...

ICH BIN WILLIAM, ALBERTS JÜNGERER BRUDER.

SIE RÜCKEN MIT IHREM ANLIEGEN GENAU ZUM RICHTIGEN ZEITPUNKT HERAUS...

WENN ALLES STIMMT, WAS SIE SAGEN, HAT IHNEN GANZ OFFENSICHTLICH JEMAND EINE FALLE GESTELLT.

DIESE PERSON WOLLTE SIE ZUM MÖRDER MACHEN, UM LETZTEN ENDES DIE VERWIRKLICHUNG EINER GERECHTEREN GESELLSCHAFT ZU VERHINDERN.

ANDERS AUSGEDRÜCKT: MAN HAT SIE SCHLICHT AUSGENUTZT!

122

ES IST
AUS FÜR
MICH...

SCHLUSSENDLICH
HABE JEDOCH ICH
SELBST DIE WAHL
GETROFFEN, EINEM
MENSCHEN DAS
LEBEN ZU NEHMEN...
ES HÄTTE BESTIMMT
UNZÄHLIGE ANDERE
WEGE GEGEBEN...

SO KANN
MAN ES
NATÜRLICH
AUCH FOR-
MULIEREN...

WENN
SIE NACH
WIE VOR BEAB-
SICHTIGEN, MIT
IHREM LEBEN
FÜR IHRE TAT
ZU ZAHLEN...

FWpp

DAS
IST NOCH
NICHT DAS
ENDE!

123

... DANN LEGEN SIE IHR LEBEN...

... VORERST IN MEINE HAND!

Das
Parlament

GROOO GROOO

RAUN RAUN

SIEHT
NACH
REGEN
AUS...

DIE
PARLA-
MENTSSITZUNG
BEIDER HÄUSER
BEGINNT
GLEICH.

GLAUBT IHR,
WHITELEY
LÄSST SICH
BLICKEN?

DER HAT'S IN WIRKLICH-KEIT DOCH AUF WHITELEY ABGESEHEN.

DER WÜRDE SICH HIER NUR ZUR ZIELSCHREIBE MACHEN...

JA... UND ES GIBT NOCH NICHT EINMAL DEN GERINGSTEN HINWEIS, WER DER TÄTER SEIN KÖNNTE. DER LÄUFT NOCH IMMER FREI HERUM.

ALLE SEINE ANGEHÖRIGEN UND SOGAR SEIN WACHSCHUTZ WURDEN ER-MORDET...

KLANK

LEUTE!

GALAPP

DA KOMMT JEMAND!!

DAS IST SEINE KUTSCHE!!

GEHT ZURÜCK! ZURÜCK!

EINE KURZE STELLUNG-NAHME!!

HERR ABGEORD-NETER!!

WIE FÜHLEN SIE SICH MOMEN-TAN?

NUR GANZ KURZ!

MR WHITELEY!!

MEINE GELIEBTE FAMILIE...

... UND AUCH MEIN WACHSCHUTZ SIND EINEM MÖRDER ZUM OPFER GE-FALLEN...

...

ICH...

ABER...

!

GANZ GLEICH, WAS MIR PERSÖNLICH WIDERFÄHRT, ICH WERDE WEITERKÄMP-FEN! FÜR EIN GERECHTERES ENGLAND!

DAFÜR STEHE ICH MIT MEINEM NAMEN EIN!!

WHITELEY!!

WHITELEY!

WHITELEY!

WHITELEY IST DER WEISSE RITTER UNSERER NATION!!

WOMM

WA...?

132

DIE FAMILIE DES ABGEORD-NETEN UND AUCH DIE POLIZEIBEAM-TEN, ICH HABE SIE ALLE AUF DEM GEWISSEN!!

HMF...

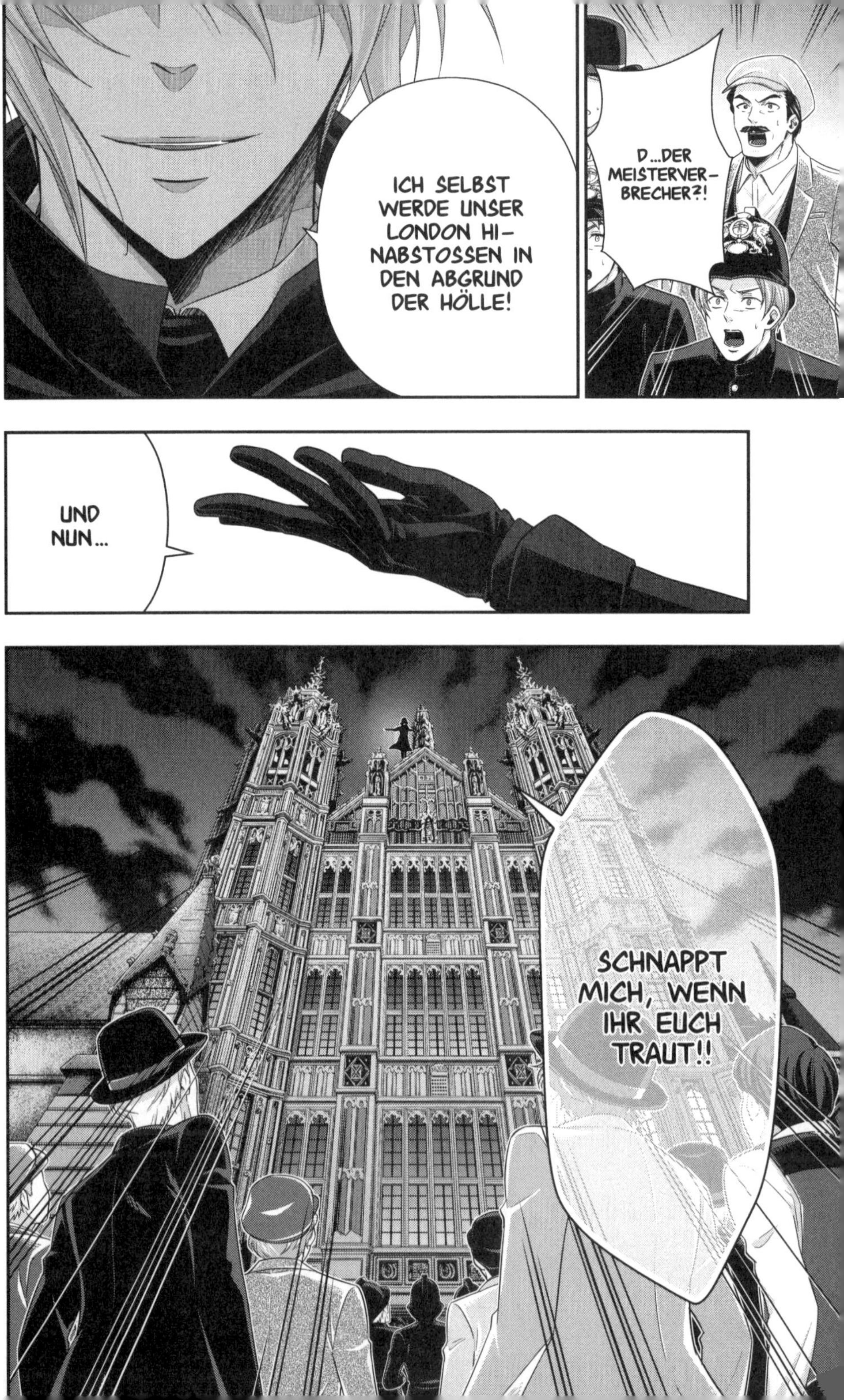

ICH SELBST WERDE UNSER LONDON HINABSTOSSEN IN DEN ABGRUND DER HÖLLE!

D...DER MEISTERVER-BRECHER?!

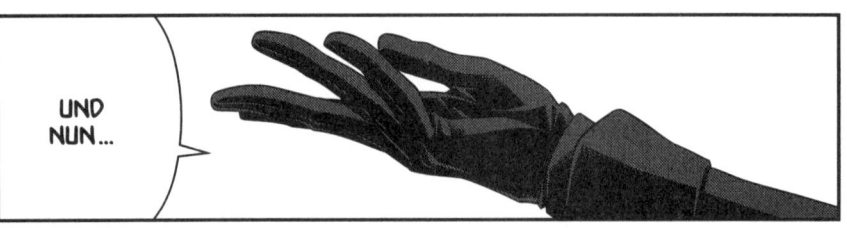

UND NUN...

SCHNAPPT MICH, WENN IHR EUCH TRAUT!!

LASST IHN AUF KEINEN FALL ENT-KOMMEN!!!

LOS... HINTERHER!

FANGT IHN!

SWUSCH

FWASCH

ER IST ALSO DOCH KEIN PHANTOM!!

D...DAS WAR DER MEISTER-VERBRECHER...?!

WHITELEY...

WHITELEY LIEGT IM STERBEN...

WO BLEIBT DER ARZT?!

... WEIL
WIR DER
MEISTER-
VERBRECHER
SIND!

FWASCH

142

IHR WOLLT DIE FESSELN DER UNGERECHTIG- KEIT SPRENGEN, DIE UNSER LAND EINSCHNÜREN.

DAFÜR MACHT IHR EUCH SELBST ZUM NOTWENDI- GEN ÜBEL.

WENN ICH DOCH NUR...

... DIE VON EUCH ERSCHAFFE- NE WELT...

... MIT EIGENEN AUGEN HÄTTE SEHEN KÖNNEN...

... OPFERE ICH ES GERNE.

WENN MEIN LEBEN DER ZU-KUNFT DIESES LANDES DIENEN KANN, DANN...

... DER DIESES LAND ZUM BESSEREN KEHREN KANN...

... DANN SEID IHR ES, DIE GESCHWISTER MORIARTY!

WENN ES JEMANDEN GIBT...

144

#39 | Der Dunkle Ritter von London

MR
MILVERTON.

EIN
EILIGES
TELE-
GRAMM...

DER ABGE-
ORDNETE WHITELEY
IST VOR DEM PARLA-
MENTSGEBÄUDE
DURCH DIE HAND
DES MEISTER-
VERBRECHERS
ERMORDET
WORDEN.

!

ER HAT AUSSERDEM WEITERE MORD-FÄLLE GESTANDEN UND SICH DANACH AUS DEM STAUB GEMACHT. DIE POLIZEI HAT IHN BISLANG NOCH IMMER NICHT GEFASST.

LAUT DEN ANWESENDEN JOURNALISTEN SOLL DER MEIS-TERVERBRECHER AUS DEM NICHTS AUFGETAUCHT SEIN, WORAUFHIN ER WHITELEY NIEDERSTACH...

PA HA HA HA!

...

BESSER HÄTTE ES JA GAR NICHT LAUFEN KÖNNEN!!

DER MEISTER-VERBRECHER IST AUFGETAUCHT UND HAT WHITELEY ABGESTOCHEN?!

HEHEHE...

ABER WIR WAREN DOCH DRAUF UND DRAN, WHITELEYS TÖTUNGSDELIKT PUBLIK ZU MACHEN...

ICH HABE MIT ALLEM GERECHNET, ABER NICHT MIT SO EINEM FREUDIGEN AUSGANG!

UND NUN IST UNS DIESER SELBSTERNANNTE MEISTERVERBRE— CHER ZUVORGE— KOMMEN!

DOCH DIE SITUATION, IN DER WIR UNS NUN BEFINDEN...

JA... DAS OBERHAUS, MEIN KLIENT, WIRD MIR DAS ALS NACHLÄSSIGKEIT AUSLEGEN...

FWIPP

DAS ALLES HÄTTE ICH MIR IN MEI— NEN KÜHNSTEN TRÄUMEN NICHT BESSER AUSMALEN KÖNNEN!

IN DIESER HINSICHT WERDE ICH MICH EHRLICH RECHTFER— TIGEN.

DENN MEIN PLAN, WHITELEY ZU EINEM MORD ZU VERLEITEN...

... HAT DEN MEISTERVER-BRECHER DAZU GEZWUNGEN, WHITELEYS SCHULD AUF SICH ZU LADEN!

WHITELEY HATTE JA BE-REITS EINIGES AN DROHUNGEN DURCHGESTANDEN. ICH VERMUTE, DER MEISTERVERBRECHER WOLLTE IHN ANFANGS NUR VOR DEM OBER-HAUS BESCHÜTZEN.

HIER MEINE SCHLUSSFOL-GERUNG, WIE ES SO WEIT KOMMEN KONNTE...

HMF

PFF!

?

VERZEIH, RUSKIN! LASS ES MICH DER REIHE NACH ERKLÄREN...

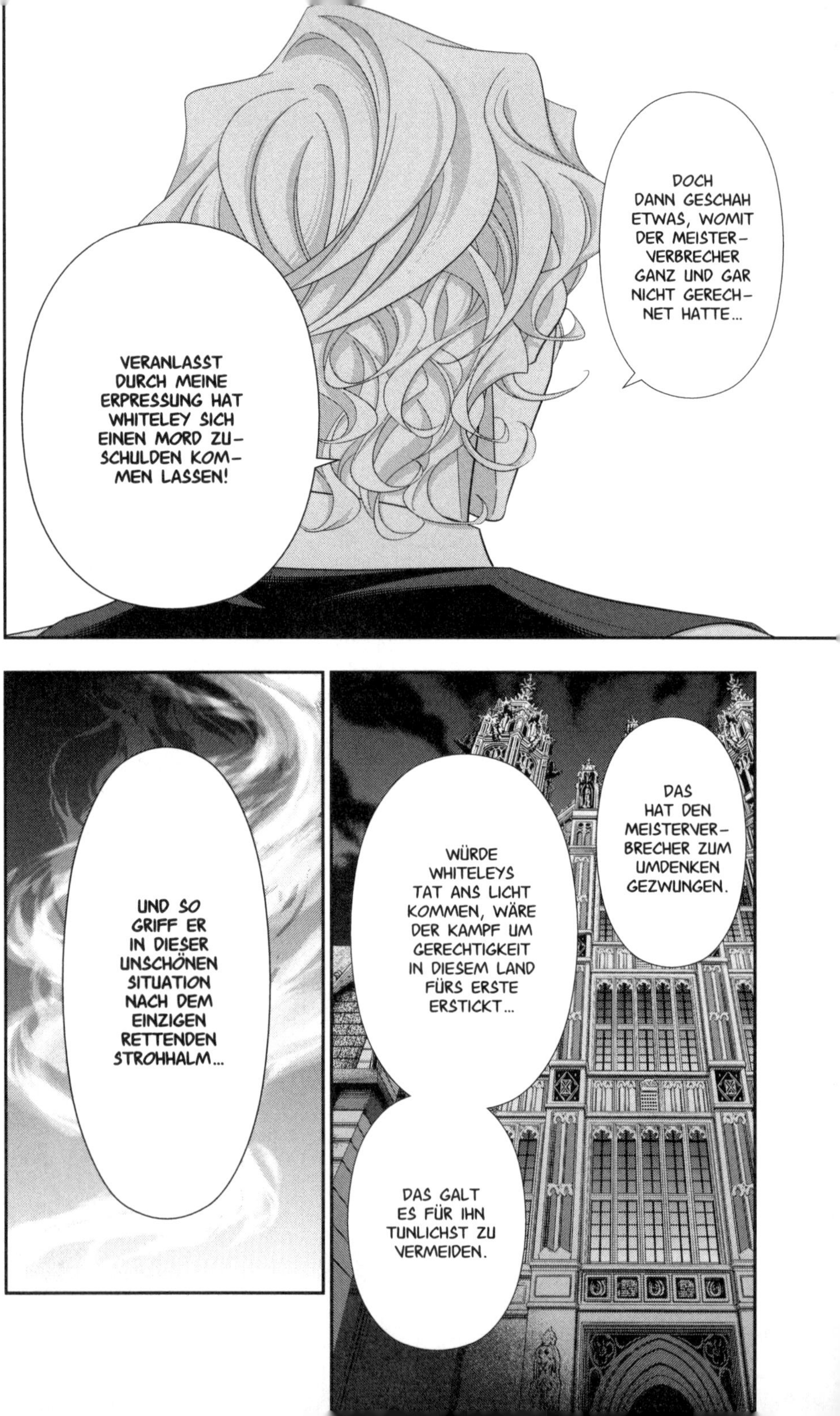

DOCH DANN GESCHAH ETWAS, WOMIT DER MEISTER- VERBRECHER GANZ UND GAR NICHT GERECH- NET HATTE...

VERANLASST DURCH MEINE ERPRESSUNG HAT WHITELEY SICH EINEN MORD ZU- SCHULDEN KOM- MEN LASSEN!

UND SO GRIFF ER IN DIESER UNSCHÖNEN SITUATION NACH DEM EINZIGEN RETTENDEN STROHHALM...

WÜRDE WHITELEYS TAT ANS LICHT KOMMEN, WÄRE DER KAMPF UM GERECHTIGKEIT IN DIESEM LAND FÜRS ERSTE ERSTICKT...

DAS HAT DEN MEISTERVER- BRECHER ZUM UMDENKEN GEZWUNGEN.

DAS GALT ES FÜR IHN TUNLICHST ZU VERMEIDEN.

NUR...

... KÜMMERT ES MICH HERZLICH WENIG, WAS MIT UNSEREM LAND GE-SCHIEHT.

OB WIR NUN IN EINER GERECHTEN WELT LEBEN ODER EINER UNGERECHTEN... DAS ÄNDERT REIN GAR NICHTS AN DER EKSTASE, DIE ICH VERSPÜRE, WENN ICH AUS GUTEN MENSCHEN BÖSE MACHE!!

ICH FRAGE MICH, MIT WELCHEN MITTELN ER VON NUN AN KÄMPFEN WIRD.

DIESER EINE ZUG HAT DEN MEISTERVER-BRECHER DAZU GEBRACHT, FÜR DIE GERECHTIG-KEITSBEWEGUNG SEINEM EIGENEN ANSEHEN ZU SCHADEN...

... ERINNERT DOCH STARK AN DAS, WAS DIESER SELBSTERNANNTE MEISTERVERBRE-CHER TREIBT...

DIE ART UND WEISE, WIE MORIARTY BEIM VORFALL MIT JACK THE RIPPER DIE WOGEN GE-GLÄTTET HAT...

ICH BIN MIR SICHER, ER WILL MICH AUFSPÜREN, DEN HINTERMANN HINTER ALLEDEM, UM DANN DEM VOLK MEINEN KOPF AUF EINEM SILBERTABLETT ZU SERVIEREN.

DIE ROLLE DES SÜNDEN-BOCKS WÄHLT NIEMAND AUS FREIEN STÜ-CKEN.

AN MEINER VERMUTUNG KANN ES EI-GENTLICH GAR KEINEN ZWEIFEL MEHR GEBEN!

ABER DAS WIRD SICH SCHON BALD VON SELBST KLÄREN...

ICH MEINE, OB MORIARTY WIRKLICH DER MEISTERVERBRECHER IST ODER NICHT...

LESEN SIE JETZT ALLES DARÜBER IM BLATT IHRES VERTRAUENS, DEM DAILY STANDARD!

ES WAR DER MEISTERVERBRECHER!!

DER ABGEORDNETE WHITELEY WURDE ERMORDET!

EXTRABLATT! EXTRABLATT!

VON WEGEN »VERBRECHER MIT EDLEN MOTIVEN«!

ICH DACHTE, DER MEISTERVERBRECHER STEHT AUF DER SEITE DES VOLKES!

HAT DER EINFACH SO UNSEREN WHITELEY UMGEBRACHT?!

RAUN RAUN

DER MEISTERVERBRECHER? GIB MIR EINE AUSGABE!

MIR AUCH!

ICH KAUFE AUCH EINE!

WENN DAS STIMMT, WÄRE ER AUCH DER FEIND DER OBERSCHICHT...

ABER DIE ADELIGEN TÖTET ER JA AUCH!

DER MEISTERVERBRECHER IST GEGEN UNS BÜRGER!

JA... DA IST WAS DRAN!

DER MEISTERVERBRECHER IST JEDEM EINZELNEN IN DIESEM LAND FEINDLICH GESINNT, EGAL AUS WELCHER SCHICHT EINER STAMMT!!!

SHER-LOCK, WO STECKEN SIE?!

WÄHREND SIE SICH IN IHREM ZIMMER VERKROCHEN HABEN, IST DA DRAUSSEN DIE HÖLLE LOSGE-BROCHEN!

TATATAPP

HIER, DIE ABENDAUS-GABE!

MACHEN SIE DOCH NICHT IMMER SO EINE UN-ORDNUNG!

UM HIMMELS WILLEN, HIER KRIEGT MAN JA KEINEN FUSS MEHR VOR DEN ANDEREN!

KLANK

KLANK

KNARZ

SIE SOLLTEN DIE ZEITUNG JETZT SOFORT LESEN!

UND BRINGEN SIE DEN MÜLL RUNTER, WENN SIE DAS HAUS VERLASSEN!

WAS?!

ICH BIN BESCHÄFTIGT. LEGEN SIE SIE AUF DEN SCHREIBTISCH... ODER WO AUCH IMMER PLATZ IST.

KLANK

ZA
PP

WAS
ZUM...?!

BEDEUTUNGS-
SCHWANGERE
ANDEUTUNG...

JUNGE,
JUNGE...

HAT
SICH DER
MISTKERL
WIRKLICH
GEZEIGT...?!

Member of Parliament Whiteley
Assassinated by The "Lord of

The "Lord of Crime" Rises

Confesses to Murder of E... Whiteley Fa...

Also Involved in Murder of...

of Two Policemen

Der »Meisterverbrecher«
erhebt sich!

...

DASS DER SICH AUF DIE ART DER ÖFFENTLICHKEIT PRÄSENTIERT...

HAHAHA!!

»... HAT WHITELEY ERMORDET.«

ICH WERD NICHT MEHR... DAS IST JA UNGLAUBLICH!

...

VON SEINEM BISHERIGEN VERHALTEN ZU URTEILEN, SIEHT ES DEM MEISTERVERBRECHER GANZ UND GAR NICHT ÄHNLICH, EINEN UNSCHULDIGEN WIE WHITELEY ZU TÖTEN...

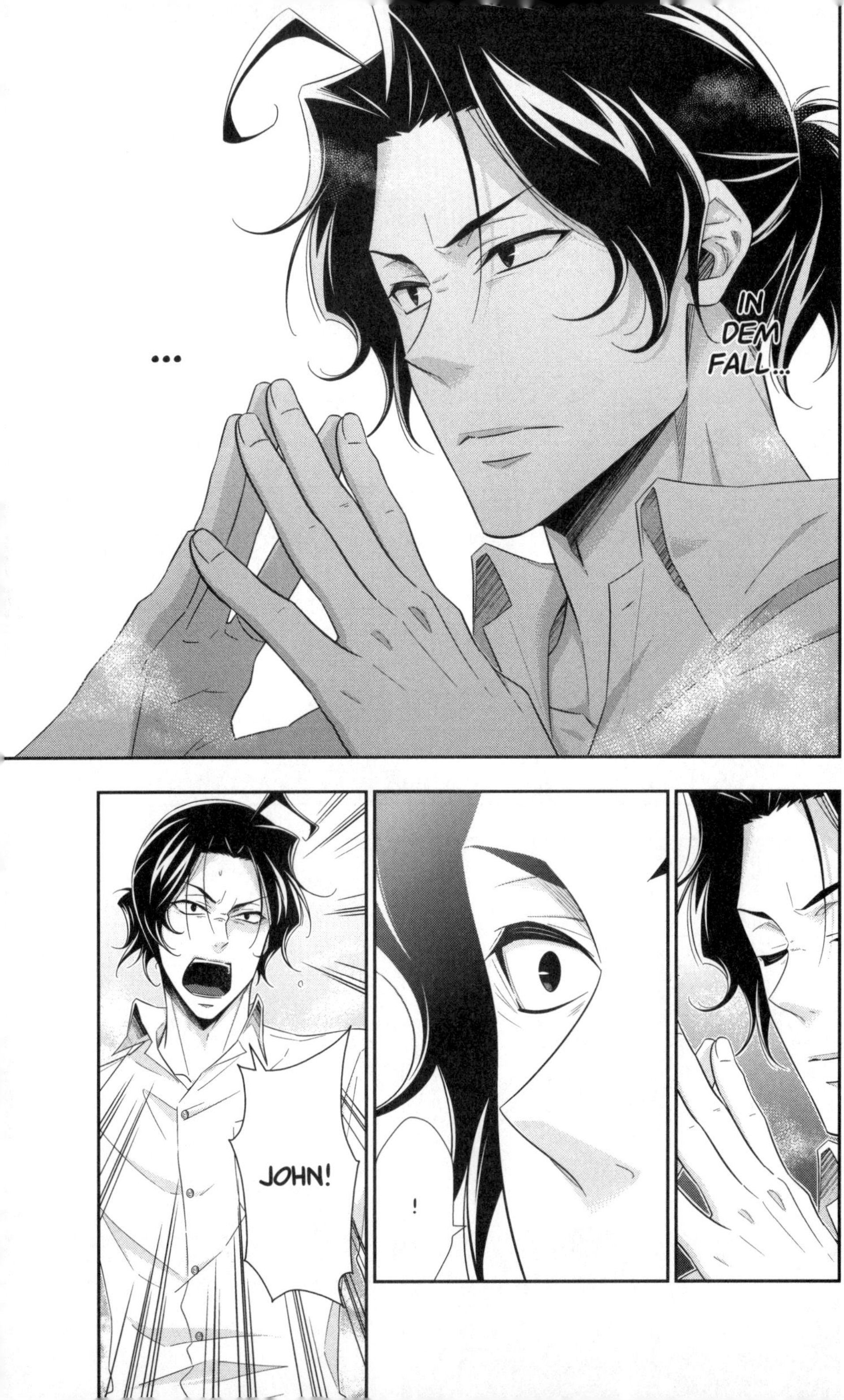
IN DEM FALL...
...
!
JOHN!

WAS KANN DENN BITTE WICHTIGER SEIN, ALS DAS ERSCHEINEN DES MEISTERVER-BRECHERS?!

GRAH! WAS TREIBT DIESER KERL ÜBERHAUPT?!

KRK

KRK

MIST...

IST BIS HEUTE ABEND AUSGEFLO-GEN.

MUSS ICH MICH DENN WIRKLICH MIT DEM ABGEBEN?

VERDAMMT, SCHON SO SPÄT!

NA, VERMUTLICH IMMER NOCH BESSER, ALS SELBSTGESPRÄ-CHE MIT DEM TOTENKOPF HIER ZU FÜHREN.

GANZ VERGESSEN, DASS ICH MIT MEINEM ACH SO LIEBEN BRUDER VERABREDET BIN...

162

London,
Stadt-
zentrum

St. James's,
Pall Mall
Street

SKRII

DA
WÄREN
WIR.

DER
DIOGENES
CLUB, DEN
MEIN BRUDER
MITGEGRÜN-
DET HAT...

HIER
ALSO...

YO!

WAS'N LOS? ZWICKT'S IRGENDWO?

GNNN .....!!!

WO HÄNGT DENN MYCROFT HOLMES AB?

HAT MICH EXTRA HIERHER ZITIERT... NA LOS, RED SCHON, DANN FIND ICH DEN WEG AUCH ALLEIN!

!!

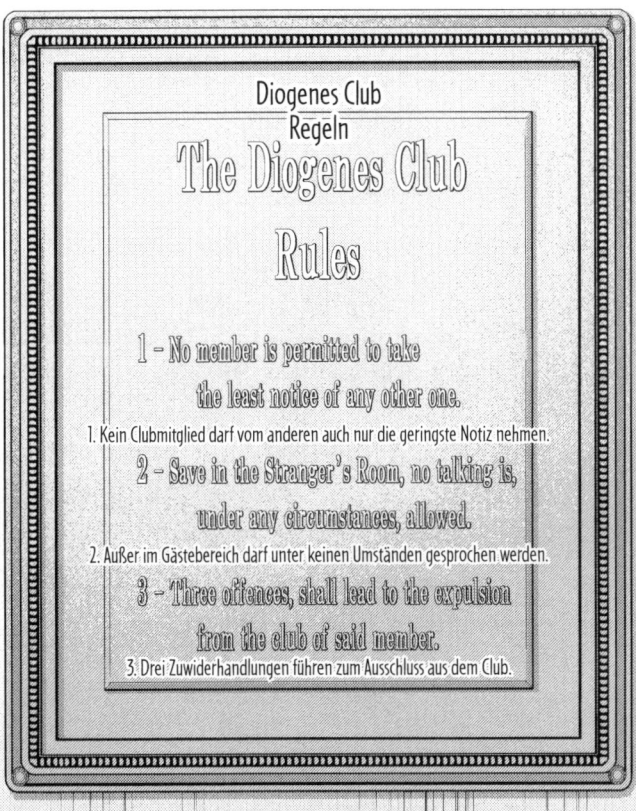

The Diogenes Club

Rules

1 – No member is permitted to take the least notice of any other one.

1. Kein Clubmitglied darf vom anderen auch nur die geringste Notiz nehmen.

2 – Save in the Stranger's Room, no talking is, under any circumstances, allowed.

2. Außer im Gästebereich darf unter keinen Umständen gesprochen werden.

3 – Three offences, shall lead to the expulsion from the club of said member.

3. Drei Zuwiderhandlungen führen zum Ausschluss aus dem Club.

FWISCH

HÄ?

DANKE!

MAN DARF NUR IM GÄSTE-BEREICH SPRECHEN? WAS IST DAS DENN FÜR EINE REGEL?

MAL SEHEN, OB DIE SPASS VERSTEHEN...

DREIMALIGER VERSTOSS FÜHRT ZUM RAUSWURF AUS DEM CLUB...

ABSOLUTES SPRECH-VERBOT!

SELBST DIE UNGESELLIGSTEN LEUTE LONDONS WÜNSCHEN SICH DIE NEUSTEN ZEIT-SCHRIFTEN UND EINEN BEQUEMEN SESSEL, UND GENAU FÜR DIE WURDE DIESER CLUB GEGRÜNDET...

HE!!
GIBT'S HIER
JEMANDEN,
DER SCHON
ZWEIMAL DIE
REGELN MISS-
ACHTET
HAT?!

GLOTZ

»WOHER
WEISS DER
DAS?«, FRAGST
DU DICH JETZT,
ABER ICH WEISS
ES EINFACH!

...

PLUMPS

!

NA
BITTE!

DU HAST
NUR NOCH
EINEN VER-
STOSS GUT!

DU BETRÜGST DEINE FRAU?

OH...

SIEH AN...

WISCH DIR DAS PARFÜM DEINER GELIEBTEN AB UND ZIEH DEINEN EHERING WIEDER AN, BEVOR DU NACH HAUSE GEHST!

Bye!

...

ÖHÖM

ÖHÖM

NERVÖSES RÄUSPERN ZÄHLT NICHT, SCHÄTZE ICH MAL.

TOLL! HAST DICH GUT GE-SCHLAGEN...

KNARZ

Stranger's Room

168

WIE GEFÄLLT DIR DER DIOGENES CLUB?

DA BIST DU JA, SHERLY!

ICH HAB DEN KERLEN JA NICHT ALLZU VIEL ZUGETRAUT, ABER DER HAT WIRKLICH KEIN WORT GESAGT, OBWOHL ICH IHN GEHÖRIG AUFGEZOGEN HABE...

Nicht schlecht!

WAS? ALS OB'S MIR HIER GEFALLEN WÜRDE!

MEINETWEGEN KÖNNTEN ALLE CLUBLOKALE FÜR ADELIGE DICHTMACHEN!

WENN'S DIR HIER GEFÄLLT, KANN ICH DICH ALS MITGLIED AUFNEHMEN LASSEN.

KOMM MAL ANS FENSTER UND SIEH NACH DRAUSSEN...

HAHAHA, DAS TUST DU IN DER TAT!

2.

FWPP

WIE SCHADE.

ICH HABE DEN CLUB EXTRA FÜR DICH GEGRÜNDET, DAMIT AUCH MEIN MENSCHENSCHEUER BRUDER EINEN BE-QUEMEN RÜCK-ZUGSORT HAT.

ICH MAG MENSCHENSCHEU SEIN, ABER DU KENNST MICH DOCH. ICH REDE EINFACH VIEL ZU GERN.

WIE SCHÄTZT DU DIESE MÄNNER EIN?

DU HAST RECHT. AN SEINER RECHTEN WESTENTASCHE SIND KREIDESPUREN ZU SEHEN.

UND SEIN BEGLEITER?

...

DER RECHTE IST BILLARDSPIELER, ODER?

SEINER GANGART NACH ZU URTEILEN KEIN KAVALLERIST.

ER TRÄGT SOLDATENSCHUHE... IST ALSO NOCH IM MILITÄRDIENST.

WIE KOMMST DU DARAUF?

UNTEROFFIZIER.

IST BEIM MILITÄR.

DIE HÄLFTE SEINER STIRN IST NICHT SONNENGEBRÄUNT, TRÄGT WOHL MEISTENS EINE MÜTZE. FÜR EINEN PIONIER IST ER NICHT KRÄFTIG GENUG... ICH SCHÄTZE, ER IST BEI DER ARTILLERIE.

SIEHT DOCH JEDES KIND.

VON DER SONNE GEBRÄUNTE HAUT, SEIN AUFTRETEN UND SEIN WICHTIGTUERISCHER GESICHTSAUSDRUCK.

STIMMT.

ER TRÄGT TRAUER-KLEIDUNG!

ALLERDINGS KEINE FORMELLE, ALSO WIRD ER JEMAND NAHSTEHENDEN VERLOREN HABEN...

TSK!

ZUFRIEDEN?

ER KAUFT KINDERSPIELZEUG.

SEINE FRAU IST BEI DER GEBURT GESTORBEN.

PAH! NAH DRAN, ABER DU HAST ETWAS ÜBERSEHEN...

NEBEN DEM SPIELZEUG TRÄGT ER AUCH EIN BILDERBUCH BEI SICH.

EIN NEUGEBORENES WIRD WOHL KAUM EIN BILDERBUCH LESEN.

ICH SAG DIR DOCH IMMER, DU SOLLST NICHT EINFACH NUR HINSCHAUEN, SONDERN HINTERFRAGEND BEOBACHTEN!

JETZT STEHT ES 674:0 FÜR MICH, SHERLY!

DAS HEISST, ER HAT ZWEI KINDER!

NEIN, DAS DIENTE NUR DER UNTER- HALTUNG.

UHH...

ICH DACHTE, DAS WÄRE DIE PERFEKTE GE- LEGENHEIT...

DU WIRST BESTIMMT SCHON DIE ABENDAUSGABE GELESEN HABEN UND WEISST SOMIT, WAS SICH VORHIN VOR DEM PARLAMENT ABGESPIELT HAT.

KRKT

DU HAST MICH SICHER NICHT NUR FÜR EIN SINNLOSES DUELL IM SCHLUSSFOLGERN HERBESTELLT, ODER?

... DICH NACH DEINER SCHLUSSFOL-GERUNG ÜBER DEN MEISTER-VERBRECHER ZU FRAGEN!

DEM MEISTERVERBRECHER WERDEN MEHR ALS DIE HÄLFTE ALLER STRAFTATEN IN LONDON NACHGESAGT, UND AUCH BEI DEN MEISTEN UNAUFGE-KLÄRTEN FÄLLEN SOLL ER SEINE FINGER IM SPIEL HABEN.

BIS VOR KURZEM GALT NICHT MAL SEINE BLOSSE EXISTENZ ALS GESICHERT.

IM RAHMEN DEINES BROTER-WERBS HAST DU SICHER SCHON EINMAL VON IHM GEHÖRT...

!

UND NUN TRITT ER URPLÖTZLICH VOR PUBLIKUM IN ERSCHEINUNG UND ERMORDET AUSGE-RECHNET WHITELEY, DEN DAS VOLK ALS SEINEN ERLÖSER VEREHRT HAT...
ICH KANN KAUM ER-WARTEN ZU HÖREN, WAS DU DAVON HÄLTST!
HFFFFF
...
MEINER MEINUNG NACH...
... HANDELT DER MEISTER-VERBRECHER AUS EDLEN MOTIVEN.
DARAN HAT SICH NICHTS GEÄNDERT.

ALLERDINGS... TRAF DER JÜNGSTE MORD DURCH DIE HAND DES MEISTER- VERBRECHERS EINEN UNSCHULDIGEN...

DAS WIRD AUS DEM VORFALL MIT JACK THE RIPPER WIE AUCH AUS DER ANGE- LEGENHEIT BEI SCOTLAND YARD DEUTLICH.

ES SIEHT ALSO ZUNÄCHST GANZ DANACH AUS, ALS WOLLE ER VON SICH AUS DIE ANNAHME WIDER- LEGEN, DASS ER IM NAMEN DES GUTEN HANDELT...

NUR WIRD DIE GANZE WAHRHEIT WIE IMMER NICHT GANZ SO SIMPEL SEIN.

KEIN WUNDER, DASS ER BEI DEN BÜRGERN MITTLERWEILE ALS FEINDBILD WAHRGENOM- MEN WIRD...

DIE ERKLÄRUNG MAG AUFS ERSTE SOGAR VÖLLIG ABSURD KLINGEN...

SPUCK SIE SCHON AUS!

MAL ANGENOMMEN, DER MEISTERVERBRE-CHER HANDELT NACH WIE VOR IM NAMEN DER GERECHTIGKEIT, DANN WÄRE NOCH EINE ANDERE ERKLÄRUNG DENKBAR, AUCH WENN SIE NOCH SO IRRWITZIG ERSCHEINEN MAG.

HM...

WIR SCHLIESSEN EINE MÖG-LICHKEIT NACH DER ANDEREN AUS...

DANN BLEIBT AM SCHLUSS NUR NOCH DIE WAHRHEIT ÜBRIG, EGAL WIE IRRWITZIG SIE AUCH IST, NICHT WAHR?

ALSO...

IHM HÄTTE MAN MIT ALLEM DROHEN KÖNNEN, SEINE FAMILIE HÄTTE ER NIEMALS UMGEBRACHT!

NUN KANNTEN WIR WHITELEY ABER ALS BESONDERS STANDHAFTEN MANN, DER AUCH NICHT DAVOR ZURÜCKSCHEUTE, MIT SEINEN ANSICHTEN DAS GANZE PARLAMENT GEGEN SICH AUFZUBRINGEN.

IN DEN BERICHTEN STAND, DASS VOR WHITELEYS TOD AUCH DESSEN JÜNGERER BRUDER, SEIN LANGJÄHRIGER SEKRETÄR UND SEINE HAUSHÄLTERIN ERMORDET WURDEN, EBENSO WIE DER POLIZIST, DER WHITELEYS PERSONENSCHUTZ ÜBERNAHM...

WOHER WILLST DU WISSEN, DASS WHITELEY ZU EINEM MORD ANGESTIFTET WURDE?

DEMZUFOLGE MUSS ES DER POLIZIST GEWESEN SEIN, DER WHITELEYS FAMILIE ERMORDET HAT...

UND ALS WHITELEY KLAR WURDE, DASS DIESER POLIZIST IHM SEINE GELIEBTE FAMILIE GENOMMEN HATTE, HAT ER IHN IM AFFEKT UMGEBRACHT!

DOCH AUCH ER WIRD WIEDERUM VON IRGENDJEMANDEM DAZU GENÖTIGT WORDEN SEIN...

WIESO SOLLTE ER DAS TUN?

DER MEISTER-VERBRECHER HAT SCHLIESSLICH DEN MÖRDER WHITELEY ERSTOCHEN UND SOMIT DESSEN SCHULD AM MORD DES POLIZISTEN AUF SICH GENOMMEN.

SIEH MAL EINER AN...

SOWEIT MEINE SCHLUSS-FOLGERUNG.

WEIL DIE CHANCE AUF GERECHTIGKEIT FÜR DIESES LAND IN WEITE FERNE RÜCKEN WÜRDE, WENN WHITELEYS TAT ANS LICHT KÄME.

HAHAHA...

SO DANKST DU MIR?

DA KOMME ICH EXTRA FÜR DICH HIERHER...

SEIN SINN FÜR GERECH-TIGKEIT LIESS DEM MEISTER-VERBRECHER KEINE ANDERE WAHL.

ENT-
SCHUL-
DIGE.

DU WARST
SCHON AUF
DEM RICHTI-
GEN DAMPFER,
SHERLY.

BITTE...?

WAS AUCH
IMMER IHN DAZU
BEWOGEN HAT,
DES MEISTERVER-
BRECHERS ANSEHEN
HAT BEIM VOLK
DADURCH SEHR
GELITTEN...

TOCK

FWPP

SEI SO LIEB
UND LASS MICH
DEINER SCHLUSS-
FOLGERUNG
DAS EIN ODER
ANDERE DETAIL
HINZUFÜGEN...

NEHMEN WIR ALL DIE TÖTUNGSDELIKTE AN ADELIGEN HINZU, MÜSSEN WIR EBENFALLS ANNEHMEN, DASS AUCH EIN GROSSTEIL DES ADELS DEN MEISTERVERBRECHER ALS SEINEN FEIND ANSIEHT.

DURCH DEN MORD AN WHITELEY HAT ER SICH ZUM FEIND DER BÜRGERINNEN UND BÜRGER GEMACHT.

ICH WILL SAGEN, DASS DIR NICHT MEHR ALLZU VIEL ZEIT BLEIBEN WIRD, DEN MEISTERVERBRECHER ZU SCHNAPPEN!

WORAUF WILLST DU HINAUS?

UND JETZT KOMMT DAS ABER...

!

AUCH WENN DER MEISTERVERBRECHER IDENTIFIZIERT UND IHM DER PROZESS GEMACHT WIRD, WIRD NICHT EIN EINZIGER BEWEIS FÜR SEINE STRAFTATEN ZU FINDEN SEIN...

SCHON BALD WIRD IM PARLAMENT EIN SONDEREINSATZ-KOMMANDO GEBILDET WERDEN, UND NEBEN SCOTLAND YARD WIRD SICH AUCH DIE REGIE-RUNG DES PROBLEMS ANNEHMEN.

DAS ESTABLISHMENT WIRD DEN MORD AM MEISTERVERBRE-CHER MIT IRGENDEINEM SONDERRECHT RECHT-FERTIGEN, UND AM ENDE HABEN ALLE WAS DAVON. DA ER DEM VOLK OHNEHIN ALS FEIND GILT, WERDEN AUCH KEINE EMOTIO-NEN ÜBERKOCHEN.

ICH KÖNNTE MIR GUT VORSTELLEN, DASS DIE REGIERUNG IN DIE-SEM FALL DEN WEG DER GERINGSTEN ANSTRENGUNG WÄHLT UND DEN MEIS-TERVERBRECHER EINFACH ERMORDEN LÄSST.

DAS MUSST DU MIR NICHT ERST SAGEN!

DEN MEISTERVERBRECHER HOLE ICH MIR UM JEDEN PREIS!

WENN DU EINE LÖSUNG BEVORZUGST, DIE DEN MEISTERVERBRECHER FÜR SEINE TATEN BÜSSEN LÄSST, WÜRDE ICH MICH BEEILEN...

ENTWEDER SCHNAPPST DU IHN DIR ZUERST... ODER ABER DIE REGIERUNG RÄUMT IHN MIT EINEM ATTENTAT AUS DEM WEG.

BEI DEM ERPRESSER UND SEINEN METHODEN KOMMT MIR EIGENTLICH NUR EINE PERSON IN DEN SINN...

HAST DU EINE VERMUTUNG, WER DER MEISTERVERBRECHER SEIN KÖNNTE...? ODER DER ERPRESSER, DER WHITELEY ZUM MORD ANGESTIFTET HAT?

APROPOS...

HM...

DER BRUDER DES GRAFEN MORIARTY?

OH...

ICH HABE NICHTS DAGE-GEN, WENN DU DEN MEISTER-VERBRECHER JAGST...

NUR KOMM NICHT VOM RECHTEN WEG AB, JA?

SHERLY...

...

...

UND WEHE, DU STIRBST DABEI, SHER-LOCK...

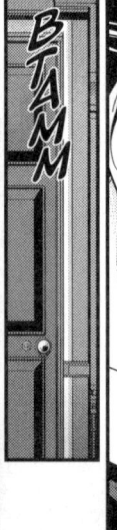

BTAMM

PFT!

MAN SIEHT SICH!

ABER DASS ER BEI LIAMS NAMEN KEINE MIENE VERZOGEN HAT, IST SCHON VERDÄCHTIG...

MEIN BRUDER MAL WIEDER...

SEINER HOCHTRABENDEN FRAGE NACH ZU URTEI- LEN KANN ICH MIR GUT VORSTELLEN, DASS ER BEREITS WEISS, WER DER MEISTERVERBRECHER IST. ER WOLLTE ES NUR NOCH MAL VON MIR HÖREN...

HAB ICH INS SCHWARZE GETROFFEN ODER LAG ICH KOM- PLETT DANEBEN? WAS DENN NUN?!

WAS DENN? IST DER IMMER NOCH NICHT ZURÜCK?!

PUH

DA BIN ICH WIEDER, JOHN!

SHER- LOCK!!!

IST JA UN-
GLAUBLICH!
WENN SIE SO
WEITERMA-
CHEN, WIRD
SIE NIE IM
LEBEN
JEMAND
HEIRATEN
WOLLEN!!

WÄLZEN
SIE DAS
BLOSS
NICHT AUF
JOHN AB!

WIE OFT
DENN NOCH?!
ICH SAGTE,
SIE SOLLEN
AUFRÄUMEN,
BEVOR SIE
AUSGEHEN!

A...ALSO
WENN JOHN
NACH HAUSE
KOMMT... RÄUMT
DER JA VIELLEICHT
AUF...?

WIE LANGE
SOLL DAS
MIT DIESEM
SAUSTALL
HIER NOCH
SO WEITER-
GEHEN?!

DIE FRAU,
DIE ALL IHRE
SPERENZCHEN
ERTRAGEN
KÖNNTE, MUSS
ERST NOCH
GEBACKEN
WERDEN!!

SIE SCHIESSEN
WIE WILD MIT
IHRER PISTOLE
LÖCHER IN DIE
WAND! UND AN
GUTEN TAGEN
JAGEN SIE AUCH
GERN MAL IHR
KOMPLETTES
ZIMMER IN
DIE LUFT!!

SIE ZIE-
HEN SCHON
MITTAGS DIE
VORHÄNGE ZU
UND VERKRIE-
CHEN SICH
NUR IN IHREM
ZIMMER!

HAUFEN-
WEISE!!

DAS KLINGT JA
GERADE SO, ALS
GÄBE ES NOCH
MEHR GRÜNDE,
WARUM ICH ALS
HEIRATSPARTNER
NICHT INFRAGE
KÄME...

UFF...

188

ABER JOHN WIRD NICHT EWIG HIERBLEIBEN! IRGENDWANN WERDEN SIE OHNE IHN GAR NICHT MEHR LEBENSFÄHIG SEIN!!

D...DANN FRAGE ICH NACHHER EINFACH JOHN, OB ER MIR BEIM AUFRÄUMEN ZUR HAND GEHT...

O...OKAY, OKAY... ICH GEB MICH GESCHLAGEN...

UND SOLLTE SO JEMAND DOCH EXISTIEREN, DANN TÄTEN SIE MIR EINEN RIESIGEN GEFALLEN, WENN SIE IHRE SACHEN PACKEN UND EINEN EIGENEN HAUSHALT GRÜNDEN WÜRDEN!

...

...

WAS KÖNNTE ES DENN SCHON FÜR UMSTÄNDE GEBEN, UNTER DENEN JOHN AUS DER 221B AUSZIEHT?

HM? MAL ÜBERLEGEN ...

ER KÖNNTE IRGENDWANN GENUG VON IHNEN HABEN?

ODER ER KÖNNTE HEIRATEN...?

STIMMT, HAHA! NIE IM LEBEN!

JOHN UND HEIRATEN? DAS GLAUBEN SIE JA WOHL SELBST NICHT!

»Wir«? Setzen Sie mich bitte nicht mit Ihnen gleich!

Aber wir müssen gerade reden, was?

GEH RUHIG REIN!

JA...

SCHÖNEN GUTEN TAG.

OH, JOHN! GENAU ZUM RICHTIGEN ZEITPUNKT...

BIN WIEDER DA!

WER IST DAS?

?

EINE KUNDIN VIELLEICHT?

DAS IST MARY MORSTAN.

WIR HABEN UNS MIT DER BEKANNTMACHUNG ETWAS ZEIT GELASSEN...

... ABER WIR WERDEN HEIRATEN!

SIE WERDEN HEIRATEN, JOHN?!!

WA...?!

Fortsetzung folgt

»DIOGENES«... DAS WAR DOCH DIESER SONDERBARE PHILOSOPH, DER IN EINEM GROSSEN FASS GEHAUST HAT...

WENN DAS SO IST...

MEIN BRUDER HAT GESAGT, ICH SOLL ZU DIESEM DIOGENES CLUB KOMMEN.

HAHA, DA BIST DU JA, SHERLY.

ODER IST MEIN BRUDER ETWA EINEM TREND AUF DER SPUR, DER SICH ALS ZUKUNFTSWEISEND HERAUSSTELLEN WIRD?*

AUF GAR KEINEN FALL! EINE EINRICHTUNG, BEI DER MAN IN WINZIGEN SEPAREES BÜCHER LIEST? DAS KLINGT ZU VERRÜCKT, UM WAHR ZU SEIN!

* ANSPIELUNG AUF »MANGA-KISSAS«, JAPANISCHE CAFÉS,
IN DENEN MAN KLEINE ABGETEILTE ZIMMER MIETEN KANN, UM DARIN MANGAS ZU LESEN.

MORIARTY THE PATRIOT

Basiert auf den Werken von SIR ARTHUR CONAN DOYLE
Story von RYOSUKE TAKEUCHI
Zeichnungen von HIKARU MIYOSHI

WAH PENG

HERZLICHEN GLÜCKWUNSCH ZUM 10. BAND VON *MORIARTY THE PATRIOT!*

Bonusmanga
Cs Gesetz

Story & Zeichnungen: Ryosuke Takeuchi

221B

WOBEI, VON DEN MORIARTYS WAREN JA NOCH GAR NICHT ALLE AUF DEM COVER...

HAB ICH MICH DA NICHT DAZWISCHEN GEMOGELT?

UHUHU, WAS FÜR EINE FREUDE! DAS HÄTTE ICH MIR NIE TRÄUMEN LASSEN!

NOCH DAZU IN FARBE!

MRS HUDSON, JETZT HABEN SIE'S AUCH ENDLICH MAL AUFS COVER GESCHAFFT, WAS?

EIN COVERGESETZ?! WAS HAT ES DAMIT DENN AUF SICH, SHERLOCK?

AUCH WENN DAS BESTIMMT KONTROVERS DISKUTIERT WERDEN WIRD.

NEIN, MRS HUDSON! AUSSERDEM GIBT ES SO ETWAS WIE EIN COVERGESETZ...

WENN DIESES GESETZ WEITERHIN GÜLTIGKEIT BESITZT, WERDEN UNS SCHON BALD DIE COVER-MODELLE AUSGEHEN!

!!

DIE UNGERA-DEN BÄNDE ZIEREN LIAM UND SEINE KAMERADEN, WÄHREND AUF DEN GERADEN BÄNDEN WIR ZU SEHEN SIND.

① ② ③ ④ ⑤ ⑥

SEHEN SIE GUT HIN, JOHN!

MAN KENNT MICH AUF DER GANZEN WELT!

IMMERHIN GEHÖRE ICH AUCH ZUM KANON UND BIN EINE ANGESEHENE FIGUR AUS DEM SHERLOCK-HOLMES-UNIVERSUM, AUCH WENN ICH NICHT SO AUSSEHE!

SEKUNDE MAL, HOLMES! WAS WÄRE DARAN DENN SO SCHLIMM?

PATAMM

DAS WÄRE FATAL!

DANN LANDET IM 12. BAND NOCH LESTRADE AUF DEM COVER!!

NICHT SO SCHNELL!!

SHERLOCK! VERDREHEN SIE JETZT BLOSS NICHT DIE GRUND-SÄTZE DIESES GESET-ZES! DAS WIRD BÖSE ENDEN!

DANN KÖNNTE DER GROSSTEIL VON LIAMS SEITE JA AUCH PROBLEMLOS AUF UNSERER SEITE AUF-TAUCHEN...

VERSTEHE, EINE FIGUR AUS DEM KANON...

AUSSERDEM WÄRE NOCH EIN WEITERER GEDANKENGANG MÖGLICH, WAS DAS ROTATIONSPRINZIP DES COVERMOTIVS ANGEHT... NÄMLICH...

ICH WÜRDE ES BEGRÜSSEN, WENN SIE IN UNSERER ABWESENHEIT DERLEI WICHTIGE ENTSCHEIDUNGEN NICHT EINFACH IM ALLEINGANG TREFFEN WÜRDEN, MR HOLMES!

BABAAAM

UND... SEINE ENTOURAGE?!

LIAM?!

AUF IHRER SEITE GIBT ES WENIGER FIGUREN, ALSO TRETEN SIE DIE KOMMENDEN COVER BITTE AN UNS AB!

NUN, ICH GREIFE UNGERN ZU DRASTISCHEN MITTELN, ABER AUF UNSERER SEITE GIBT ES ZAHLREICHE FIGUREN, DIE NOCH AUF IHREN COVERAUFTRITT WARTEN.

?!

EIN PAARWEISES AUFTRETEN VON FIGUREN, DIE BEREITS IN DER SERIE VORGESTELLT WURDEN!

HAFF

ZUM GLÜCK HAB ICH'S VOR DIESEM TOHUWABOHU AUFS COVER GESCHAFFT...

FAUCH

WAH WAH

WANN DARF ICH ENDLICH MAL AUFS COVER?!

...

ICH WILL AUCH!!

WAS SCHLAGEN SIE DANN VOR? WOLLEN SIE ETWA DIE STRASSENJUNGEN DER BAKER STREET AUFS COVER PACKEN?!

ALS OB! WO KOMMEN WIR DENN DA HIN?!

Bonusmanga Ende

MORIARTY THE PATRIOT

10

Basiert auf den Werken von Sir Arthur Conan Doyle

Story von Ryosuke Takeuchi

Zeichnungen von Hikaru Miyoshi

ASSISTENTEN

A3, Matsuoka Okada

Manabu Uehisa, Tatsuya Suzuki

Hana Tsukuda

Machida, Yamaguchi

BERATUNG ENGLISCHE LITERATUR

Guillaume Hennequin

REDAKTEUR DER BUCHAUSGABE

Kazushige Fujiwara

LEITENDER REDAKTEUR

Takuma Yui

Ein ver-
schollener
Schatz
aus Indien
führt zum
nächsten
Fall!

John
wird
hei-
raten
...?!

Im nächsten
Band startet
der Arc »Das
Zeichen der
Vier«!

MORIARTY
THE PATRIOT

11

ATTACK ON TITAN – NO REGRETS FULL COLOR EDITION
von Hajime Isayama
€ 14,99 (D) / € 15,50 (A)
O Band 1 & 2
In 2 Bänden abgeschlossen

ATTACK ON TITAN – OUTSIDE
von Hajime Isayama
€ 12,90 (D) / € 13,30 (A)
O AoT– Outside

ATTACK ON TITAN – SHORT PLAY
von Isayama & hounori
€ 8,99 (D) / € 9,30 (A)
O Attack on Titan – short play

ATTACK ON TITAN – THE HARSH MISTRESS OF THE CITY
(Nippon Novel)
von Hajime Isayama
€ 10,00 (D) / € 10,30 (A)
O Doppelpack 10/20
In 2 Bänden abgeschlossen

BARFUSS DURCH HIROSHIMA
von Keiji Nakazawa
€ 12,00 (D) / € 12,40 (A)
O Band 2
€ 14,00 (D) / € 14,40 (A)
O Band 1, 3 bis 4

BARRAGE
von Kohei Horikoshi
€ 6,99 (D) / € 7,20 (A)
O Band 1 bis 2
In 2 Bänden abgeschlossen

BATTLE ANGEL ALITA – PERFECT EDITION
von Yukito Kishiro
€ 19,99 (D) / € 20,60 (A)
O Band 1 bis 3
€ 24,99 (D) / € 25,70 (A)
O Band 4
In 4 Bänden abgeschlossen
€ 29,99 (D) / € 30,90 (A)
O Band 4 im Schuber
€ 89,99 (D) / € 92,60 (A)
O Band 1-4 im Schuber

ATTACK ON TITAN ANTHOLOGIE
von Div.
€ 19,99 (D) / € 20,60 (A)
O Attack on Titan Anthologie

ATTACK ON TITAN – BEFORE THE FALL
von Hajime Isayama
€ 6,95 (D) / € 7,20 (A)
O Band 1 bis 17
In 17 Bänden abgeschlossen

ATTACK ON TITAN CHARACTER GUIDE
von Hajime Isayama
€ 12,90 (D) / € 13,30 (A)
O Character Guide

ATTACK ON TITAN – DELUXE
von Hajime Isayama
€ 25,00 (D) / € 25,70 (A)
O Band 1 bis 6
€ 49,90 (D) / € 51,30 (A)
O Band 7 10/20

ATTACK ON TITAN – INSIDE
von Hajime Isayama
€ 12,90 (D) / € 13,30 (A)
O Attack on Titan – Inside

ATTACK ON TITAN – LOST GIRLS
von Isayama, Seko & Fuji
€ 6,99 (D) / € 7,20 (A)
O Band 1 & 2
In 2 Bänden abgeschlossen

ATTACK ON TITAN – LOST GIRLS
(Nippon Novel)
von Hiroshi Seko
€ 9,95 (D) / € 10,30 (A)
O AoT– Lost Girls

ATTACK ON TITAN – NO REGRETS
von Hajime Isayama
€ 6,95 (D) / € 7,20 (A)
O Band 1 & 2
In 2 Bänden abgeschlossen

ARTE
von Kei Ohkubo
€ 10,00 (D) / € 10,30 (A)
O Band 1
O Band 2 09/20
O Band 3 11/20
O Band 4 01/21
Bislang 13 Bände in Japan

ASSASSINATION CLASSROOM
von Yusei Matsui
€ 6,50 (D) / € 6,70 (A)
O Band 1 bis 21
In 21 Bänden abgeschlossen
€ 12,99 (D) / € 13,40 (A)
O Character Book

ASSASSINATION CLASSROOM – SCHUBER
von Yusei Matsui
€ 9,95 (D) / € 10,30 (A)
O Band 8 im Schuber
O Band 16 im Schuber
O Band 21 im Schuber
€ 49,90 (D) / € 51,30 (A)
O Band 1-8 im Schuber
€ 49,90 (D) / € 51,30 (A)
O Band 9-16 im Schuber
€ 29,95 (D) / € 30,80 (A)
O Band 17-21 im Schuber

ATTACK ON TITAN
von Hajime Isayama
€ 6,95 (D) / € 7,20 (A)
O Band 1 bis 29
O Band 30 11/20
O Band 31 02/21
Bislang 32 Bände in Japan
€ 9,95 (D) / € 10,20 (A)
O Band 10 im Schuber
O Band 15 im Schuber
O Band 20 im Schuber
O Band 25 im Schuber
O Band 30 im Schuber 11/20
€ 36,00 (D) / € 37,10 (A)
O Bände 1-5 im Schuber
O Bände 6-10 im Schuber
O Bände 11-15 im Schuber
O Bände 16-20 im Schuber
O Bände 21-25 im Schuber
O Bände 26-30 im Schuber 11/20

ATTACK ON TITAN – ANSWERS
von Hajime Isayama
€ 12,90 (D) / € 13,30 (A)
O Attack on Titan – Answers

12 JAHRE
von Nao Maita
€ 5,99 (D) / € 6,20 (A)
O Band 1 bis 13
O Band 14 01/21
In 20 Bänden abgeschlossen

ABE SADA
von Kazuo Kamimura
€ 14,99 (D) / € 15,50 (A)
O Band 1 & 2
In 2 Bänden abgeschlossen

ACID TOWN
von Kyugo
€ 7,95 (D) / € 8,20 (A))
O Band 6 12/20
Bislang 6 Bände in Japan

AKIRA – ORIGINAL EDITION
von Katsuhiro Otomo
€ 19,90 (D) / € 20,50 (A)
O Band 1 bis 3
€ 22,90 (D) / € 23,60 (A)
O Band 4 bis 6
In 6 Bänden abgeschlossen

ALICE IN MURDERLAND
von Kaori Yuki
€ 7,95 (D) / € 8,20 (A)
O Band 1 bis 11
In 11 Bänden abgeschlossen.

ALISIK
von Helge Vogt
& Hubertus Rufledt
€ 8,99 (D) / € 9,30 (A)
O Band 1
€ 7,99 (D) / € 8,30 (A)
O Band 2 bis 4
In 4 Bänden abgeschlossen

ALPHA² – NEUEDITION
von Kamineo Kamoi
€ 14,00 (D) / € 14,40 (A)
O Alpha² - Neuedition

ANONYMOUS NOISE
von Ryoko Fukuyama
€ 5,00 (D) / € 6,20 (A)
O Band 1
€ 6,99 (D) / € 7,20 (A)
O Band 2 bis 15
O Band 16 10/20
O Band 17 02/21
In 18 Bänden abgeschlossen

CARLSEN MANGA! CHECKLIST

DIALOGE MIT MIR SELBST
von Kabi Nagata
€ 18,00 (D)/ € 18,50 (A)
○ Band 1
○ Band 2 01/21
In 2 Bänden abgeschlossen

**DIE INSEL DER
BESONDEREN KINDER**
von Ransom Riggs
& Cassandra Jean
€ 14,90 (D) / € 15,20 (A)
○ Die Insel der
besonderen Kinder

**DIE STADT DER
BESONDEREN KINDER**
von Ransom Riggs
& Cassandra Jean
€ 14,90 (D) / € 15,40 (A)
○ Die Stadt der
besonderen Kinder

DOUBT
von Yoshiki Tonogai
€ 7,95 (D) / € 8,20 (A)
○ Band 1 bis 3
€ 8,95 (D) / € 9,20 (A)
○ Band 4
In 4 Bänden abgeschlossen

DRAGON BALL
von Akira Toriyama
€ 6,50 (D) / € 6,70 (A)
○ Band 1 bis 42
In 42 Bänden abgeschlossen

DRAGON BALL MASSIV
von Akira Toriyama
€ 5,00 (D) / € 5,20 (A)
○ Band 1
€ 10,00 (D) / € 10,30 (A)
○ Band 2 bis 6
○ Band 7 09/20
○ Band 8 11/20
○ Band 9 01/21

DRAGON BALL SD
von Akira Toriyama
(Original Story),
Naho Ohishi
€ 7,95 (D) / € 8,20 (A)
○ Band 1 bis 6
Bislang 6 Bände in Japan

BUDDHA
von Osamu Tezuka
€ 22,90 (D) / € 23,60 (A)
○ 1 bis 10
In 10 Bänden abgeschlossen

CHIISAKOBEE
von Minetaro Mochizuki
€ 14,90 (D) / € 15,40 (A)
○ Band 1 bis 4
In 4 Bänden abgeschlossen

COYOTE
von Ranmaru Zariya
€ 7,99 (D) / € 8,30 (A)
○ Band 1 bis 2
○ Band 3 01/21
Bislang 3 Bände in Japan

CROSS ACCOUNT
von Tsunehiro Date
€ 6,99 (D) / € 7,20 (A)
○ Band 1 bis 4
In 4 Bänden abgeschlossen

DEFENSE DEVIL
von Youn In-Wan
& Yang Kyung-Il
€ 5,95 (D) / € 6,20 (A)
○ Band 1 bis 10
In 10 Bänden abgeschlossen

DEPTH OF FIELD
von Enjo
€ 8,00 (D) / € 8,30 (A)
○ Band 1 & 2
In 2 Bänden abgeschlossen

DER LIEBHABER
von Kan Takahama
€ 22,00 (D)/ € 22,70 (A)
○ Der Liebhaber 11/20

**DER MANN
MEINES BRUDERS**
von Gengoroh Tagame
€ 10,00 (D) / € 10,30 (A)
○ Band 1 bis 4
In 4 Bänden abgeschlossen

DEVILS & REALIST
von Utako Yukihiro
& Madoka Takadono
€ 6,95 (D) / € 7,20 (A)
○ Band 2 bis 13
€ 7,95 (D) / € 8,20 (A)
○ Band 14
€ 8,95 (D) / € 9,20 (A)
○ Band 15
In 15 Bänden abgeschlossen

BLACK BUTLER
von Yana Toboso
€ 6,95 (D) / € 7,20 (A)
○ Band 1 bis 28
○ Band 29 09/20
€ 14,90 (D) / € 15,40 (A)
○ Black Butler
Character Guide
Bislang 29 Bände in Japan

**BLACK BUTLER
ARTWORKS**
von Yana Toboso
€ 24,90 (D) / € 25,60 (A)
○ Band 2

BLACK LAGOON
von Rei Hiroe
€ 6,95 (D) / € 7,20 (A)
○ Band 4
€ 7,95 (D) / € 8,20 (A)
○ Band 1-3, 5 - 8, 10-11
€ 8,95 (D) / € 9,20 (A)
○ Band 9
Bislang 11 Bände in Japan

BLOOM INTO YOU
von Nio Naketani
€ 6,99 (D) / € 7,20 (A)
○ Band 1 bis 7
€ 7,99 (D) / € 8,30 (A)
○ Band 8 11/20
In 8 Bänden abgeschlossen

BLUE FLAG
von Kaito
€ 7,99 (D) / € 8,30 (A)
○ Band 1 bis 6
○ Band 7 12/20
Bislang 7 Bände in Japan

BLUE GIANT SUPREME
von Shinichi Ishizuka
€ 8,00 (D) / € 8,30 (A)
○ Band 1 & 2
○ Band 3 11/20
○ Band 4 02/21
In 11 Bänden abgeschlossen

BORDER
von Kazuma Kodaka
€ 6,95 (D) / € 7,20 (A)
○ Band 1 bis 7
Bislang 7 Bände in Japan

**BORUTO – NARUTO
THE NEXT GENERATION**
von Kishimoto & Kodachi
€ 6,50 (D) / € 6,70 (A)
○ Band 1 bis 7
○ Band 8 09/20
○ Band 9 12/20
Bislang 11 Bände in Japan

**BATTLE ANGEL ALITA
– LAST ORDER
PERFECT EDITION**
von Yukito Kishiro
€ 14,99 (D) / € 15,50 (A)
○ 1 bis 3, 5 bis 7
○ Band 8 09/20
○ Band 9 12/20
€ 16,99 (D) / € 17,50 (A)
○ Band 4
In 12 Bänden abgeschlossen
€ 90,00 (D) / € 92,60 (A)
○ Bände 1 bis 6
im Schuber mit Extra

**BATTLE ANGEL ALITA
– MARS CHRONICLE**
von Yukito Kishiro
€ 6,95 (D) / € 7,20 (A)
○ Band 1 bis 6
Bislang 6 Bände in Japan

**BECOMING A GIRL
ONE DAY**
von Akane Ogura
€ 5,99 (D) / € 6,20 (A)
○ Band 1 bis 4
In 4 Bänden abgeschlossen

**BECOMING A GIRL
ONE DAY – ANOTHER**
von Akane Ogura
€ 5,99 (D) / € 6,20 (A)
○ Band 1 bis 4
In 4 Bänden abgeschlossen

BILLY BAT
von Naoki Urasawa
& Takashi Nagasaki
€ 8,95 (D) / € 9,20 (A)
○ Band 2 bis 8, 11 bis 16
€ 12,00 (D) / € 12,40 (A)
○ Band 1,3,8-11,17 bis 20
In 20 Bänden abgeschlossen

BL IS MAGIC!
von Oroken
€ 9,99 (D) / € 10,30 (A)
○ Band 1 bis 2
○ Band 3 09/20
In 4 Bänden abgeschlossen

**BL METAMORPHOSEN –
GEHEIMNIS EINER
FREUNDSCHAFT**
von Kaori Tsurutani
€ 8,00 (D)/ € 8,30 (A)
○ Band 1 11/20
○ Band 2 02/21
Bislang 4 Bände in Japan

FOOD WARS – SHOKUGEKI NO SOMA

von Tsukuda & Saeki
€ 6,99 (D) / € 7,20 (A)
O Band 1 bis 27
O Band 28 10/20
O Band 29 12/20
O Band 30 02/21
In 36 Bänden abgeschlossen
€ 9,99 (D) / € 10,30 (A)
O Band 20 im Schuber mit Extra
O Band 30 im Schuber mit Extra 02/21
€ 69,90 (D) / € 71,80 (A)
O Bände 1-10 im Schuber
O Bände 11-20 im Schuber
O Bände 21-30 im Schuber 02/21

GANGSTA.

von Kohske
€ 7,95 (D) / € 8,20 (A)
O Band 1 bis 8
Bislang 8 Bände in Japan

GANGSTA: CURSED.

von Kohske/Kamo
€ 7,99 (D) / € 8,30 (A)
O Band 1 bis 5
Bislang 5 Bände in Japan

GEGEN DEN STROM

von Yoshihiro Tatsumi
€ 44,00 (D) / € 44,60 (A)
O Gegen den Strom

GELIEBTER AFFE

von Yoshihiro Tatsumi
€ 19,90 (D) / € 20,50 (A)
O Geliebter Affe

GYO DELUXE

von Junji Ito
€ 24,00 (D)/ € 24,70 (A)
O Gyo Deluxe 12/20

HARU x KIYO

von Akira Ozaki
€ 5,00 (D) / € 5,20 (A)
O Band 1
€ 7,00 (D)/ €7,20 (A)
O Band 2 bis 6
O Band 7 10/20
O Band 8 01/21
In 9 Bänden abgeschlossen

FAIRY TAIL SIDE STORIES

von Hiro Mashima & Kyota Shibano
€ 6,99 (D) / € 7,20 (A)
O Band 1 bis 3
In 3 Bänden abgeschlossen

FAIRY TAIL ZERO

von Hiro Mashima
€ 7,99 (D) / € 8,30 (A)
O Fairy Tail Zero

FAIRY TALE BATTLE ROYALE

von Soraho Ina
€ 7,00 (D) / € 7,20 (A)
O Band 1 bis 2
O Band 3 01/21
Bislang 4 Bände in Japan

FINAL FANTASY – LOST STRANGER

von Hazuki Minase, Itsuki Kameya
€ 12,99 (D) / € 13,40 (A)
O Band 1 bis 3
O Band 4 10/20
Bislang 5 Bände in Japan

FINAL FANTASY – TYPE-0

von Takatoshi Shiozawa
€ 6,99 (D) / € 7,20 (A)
O Band 1 bis 5
In 5 Bänden abgeschlossen
O Der Manga zum Game

FINAL FANTASY – OFFICIAL MEMORIAL ULTIMANIA BOOK

von Takatoshi Shiozawa
€ 39,99 (D) / € 41,20 (A)
O VII - IX
O I-VI 10/20
O X-XIV 03/21
In 3 Bänden abgeschlossen

FOCUS 10

von Martina Peters
€ 6,99 (D) / € 7,20 (A)
O Band 1 bis 7
O Band 8 12/20
In 10 Bänden abgeschlossen

FOLGE DEN WOLKEN NACH NORD-NORDWEST

von Aki Irie
€ 12,00 (D) / € 12,40 (A)
O Band 1 bis 3
O Band 4 02/21
Bislang 4 Bände in Japan

FAIRY TAIL

von Hiro Mashima
€ 6,50 (D) / € 6,70 (A)
O Band 1 bis 63
€ 9,99 (D) / € 10,30 (A)
O Band 60 limitiert
In 63 Bänden abgeschlossen

FAIRY TAIL ARTBOOKS

€ 19,95 (D) / € 20,60 (A)
O Fantasia
O Harvest

FAIRY TAIL BLUE MISTRAL

von Hiro Mashima
€ 5,95 (D) / € 6,20 (A)
O Band 1 bis 3
In 4 Bänden abgeschlossen

FAIRY TAIL – HAPPY'S ADVENTURE

von Kenshiro Sakamoto, Hiro Mashima
€ 7,00 (D) / € 7,20 (A)
O Band 1
Bislang 3 Bände in Japan

FAIRY TAIL – 100 YEARS QUEST

von Hiro Mashima, Atsuo Ueda
€ 7,00 (D) / € 7,20 (A)
O Band 1 bis 3
O Band 4 11/20
Bislang 6 Bände in Japan

FAIRY TAIL+

von Hiro Mashima
€ 8,95 (D) / € 9,20 (A)
O Fairy Tail+

FAIRY TAIL – HAPPYS ADVENTURE

von Hiro Mashima, Kenshiro Sakamoto
€ 7,00 (D) / € 7,20 (A)
O Band 1
O Band 2 09/20
O Band 3 12/20
Bislang 7 Bände in Japan

FAIRY TAIL S

von Hiro Mashima
€ 6,99 (D) / € 7,20 (A)
O Band 1 bis 2

DRAGON BALL SIDE STORIES

von Akira Toriyama, dragongarow LEE
€ 5,00 (D) / € 5,20 (A)
O Yamchu

DRAGON BALL SUPER

von Toriyama & Toyotarou
€ 6,50 (D) / € 6,70 (A)
O Band 1 bis 9
O Band 10 10/20
O Band 11 02/21
€ 9,99 (D) / € 10,30 (A)
O Band 5 im Schuber
O Band 10 im Schuber
€ 29,99 (D) / € 30,90 (A)
O Bände 1-5 im Schuber
O Bände 6-10 im Schuber
Bislang 13 Bände in Japan

DREAMIN' SUN

von Ichigo Takano
€ 6,99 (D) / € 7,20 (A)
O Band 1 bis 9
€ 8,99 (D) / € 9,20 (A)
O Band 10
In 10 Bänden abgeschlossen

DR. STONE

von Inagaki & BOICHI
€ 7,00 (D) / € 7,20 (A)
O Band 1 bis 7
O Band 8 10/20
O Band 9 12/20
Bislang 16 Bände in Japan

EDENS ZERO

von Hiro Mashima
€ 7,00 (D)/ €7,20 (A)
O Band 1 bis 6
O Band 7 10/20
O Band 8 01/21
€ 10,00 (D) / € 10,30 (A)
O Band 7 - limitierte Ausgabe 10/20
Bislang 9 Bände in Japan

EXISTENZEN UND ANDERE ABGRÜNDE

von Yoshihiro Tatsumi
€ 19,90 (D) / € 20,50 (A)
O Existenzen und ...

FAIRY GIRLS

von Hiro Mashima
€ 6,99 (D) / € 7,20 (A)
O Band 1 bis 4
In 4 Bänden abgeschlossen

CARLSEN MANGA! CHECKLIST

JUNJO ROMANTICA
von Shungiku Nakamura
€ 6,95 (D) / € 7,20 (A)
O Band 1, 5, 7-9, 11-12, 19-21
O Band 22 12/20
€ 10,00 (D) / € 10,30 (A)
O Band 2-4, 6, 10, 13-18
Bislang 23 Bände in Japan

KAMISAMA DARLING
von Kyoko Aiba
€ 6,99 (D) / € 7,20 (A)
O Band 1 bis 8
In 8 Bänden abgeschlossen

KATSURA & TORIYAMA SHORT STORIES
von Akira Toriyama
und Masakazu Katsura
€ 6,95 (D) / € 7,20 (A)
O Katsura & Toriyama
Short Stories

KILLING BITES
von Shinya Murata
& Kazasa Sumita
€ 7,95 (D) / € 8,20 (A)
O Band 1 bis 11
O Band 12 10/20
O Band 13 02/21
Bislang 15 Bände in Japan

KLEINE KATZE CHI
von Konami Kanata
€ 9,95 (D) / € 10,30 (A)
O Band 1 bis 12
In 12 Bänden abgeschlossen

KOROSENSEI QUEST!
von Yusei Matsui &
Kizuku Watanabe
€ 6,50 (D) / € 6,70 (A)
O Band 1 bis 4
O Band 5 01/21
In 5 Bänden abgeschlossen

LADY SNOWBLOOD
(NEUEDITION)
von Kazuo Koike
& Kazuo Kamimura
€ 19,99 (D) / € 20,60 (A)
O Band 1 & 2
€ 16,99 (D) / € 17,50 (A)
O Band 3
In 3 Bänden abgeschlossen

I HEAR THE SUNSPOT
von Yuki Fumino
€ 7,99 (D) / € 8,30 (A)
O Band 1
€ 9,99 (D) / € 10,30 (A)
O Band 2 10/20
Bisher 2 Bände in Japan

I HEAR THE SUNSPOT – LIMIT
von Yuki Fumino
€ 7,99 (D) / € 8,30 (A)
O Band 1 11/20
O Band 2 12/20
In 3 Bänden abgeschlossen

IM – GREAT PRIEST IMHOTEP
von Makoto Morishita
€ 6,99 (D) / € 7,20 (A)
O Band 1 bis 8
O Band 9 09/20
O Band 10 12/20
In 11 Bänden abgeschlossen

IN THIS CORNER OF THE WORLD
von Fumiyo Kouno
€ 12,99 (D) / € 13,40 (A)
O Band 1 bis 3
In 3 Bänden abgeschlossen

IS DOROTHY IN A BAD TEMPER?
von Sora Hoonoki
€ 6,99 (D) / € 7,20 (A)
O Band 1 bis 3
In 3 Bänden abgeschlossen

JAPANISCH FÜR MANGA-FANS
von Thora Kerner
& Jin Baron
€ 16,00 (D) / € 16,50 (A)
O Sammelband

JUDGE
von Yoshiki Tonogai
€ 7,95 (D) / € 8,20 (A)
O Band 1 bis 5
€ 8,95 (D) / € 9,20 (A)
O Band 6
In 6 Bänden abgeschlossen

JUMPING
von Asahi Tsutsui
€ 7,00 (D) / € 7,20 (A)
O Band 1 & 2
O Band 3 09/20
O Band 4 12/20
In 4 Bänden abgeschlossen

H.P.LOVECRAFTS DER HUND UND ANDERE GESCHICHTEN
von Gou Tanabe
€ 12,00 (D) / € 12,40 (A)
O H.P. Lovecrafts Der
Hund ...

H.P. LOVECRAFTS DER LEUCHTENDE TRAPEZOEDER
von Gou Tanabe
€ 12,00 (D) / € 12,40 (A)
O H.P. Lovecrafts
Der leuchtende
Trapezoeder 02/21

H.P.LOVECRAFTS DIE FARBE AUS DEM ALL
von Gou Tanabe
€ 12,00 (D) / € 12,40 (A)
O H.P. Lovecrafts Die
Farbe aus dem All

HUNTER X HUNTER
Yoshihiro Togashi
€ 6,95 (D) / € 7,20 (A)
O 1 bis 36
Bislang 36 Bände in Japan

I AM A HERO IN IBARAKI
von Kengo Hanazawa
€ 8,99 (D) / € 9,30 (A)
O I am a Hero in Ibaraki

I AM A HERO IN NAGASAKI
von Kengo Hanazawa
€ 8,99 (D) / € 9,30 (A)
O I am a Hero in Nagasaki

I AM A HERO IN OSAKA
von Kengo Hanazawa
€ 8,99 (D) / € 9,30 (A)
O I am a Hero in Osaka

I AM SHERLOCK
von TAKATA & Io
€ 7,00 (D)/ € 7,20 (A)
O Band 1 bis 4
In 4 Bänden abgeschlossen

I HAD THAT SAME DREAM AGAIN
von Yoru Sumino, Idumi
Kirihara
€ 7,00 (D)/ € 7,20 (A)
O Band 1
O Band 2 09/20
O Band 3 12/20
In 3 Bänden abgeschlossen

HE'S MY VAMPIRE
von Aya Shouoto
€ 6,95 (D) / € 7,20 (A)
O Band 1 bis 10
In 10 Bänden abgeschlossen

HIGHSCHOOL OF THE DEAD
von Daisuke Sato
& Shouji Sato
€ 6,95 (D) / € 7,20 (A)
O Band 1 bis 5, 7
Bislang 7 Bände in Japan

HITOTSUBANA
von Minami
€ 8,00 (D) / € 8,30 (A)
O Band 1 bis 4
O Band 5 09/20
O Band 6 12/20
In 7 Bänden abgeschlossen

HOW TO DRAW MANGA
von Hikaru Hayashi u. a.
€ 9,95 (D) / € 10,30 (A)
O Manga-Charaktere
in Bewegung
€ 16,90 (D) / € 17,40 (A)
O Ninja und Samurai
€ 17,90 (D) / € 18,40 (A)
O Manga-Figuren
entwickeln
€ 19,90 (D) / € 20,50 (A)
O Manga-Skizzen zeichnen
O Character Design –
Tipps und Tricks
O Manga aus der
richtigen Perspektive
O Oberflächen
und Strukturen
O Manga-Figuren in
ihrer Umwelt
O Perfekte Proportionen
im Manga
O Grundlagen der
Manga-Kunst
€ 24,90 (D) / € 25,60 (A)
O Manga-Geschichten
entwickeln
O Kolorieren mit
Copic-Stiften
O Kolorieren mit
Aquarellbuntstiften

H.P. LOVECRAFTS BERGE DES WAHNSINNS
von Gou Tanabe
€ 18,00 (D)/ € 18,50 (A)
O Band 1
O Band 2 11/20
In 2 Bänden abgeschlossen

CARLSEN MANGA! CHECKLIST

MY HERO ACADEMIA

von Kohei Horikoshi
€ 6,99 (D) / € 7,20 (A)
O Band 1 bis 23
O Band 24 09/20
O Band 25 11/20
O Band 26 02/21
Bislang 27 Bände in Japan
€ 10,00 (D) / € 10,30 (A)
O My Hero Academia -
Ultra Archive
O Band 25 Limitierte
Edition 11/20
€ 12,99 (D) / € 13,40 (A)
O My Hero Academia -
Ultra Analysis 12/20

MY HERO ACADEMIA SMASH

von Kohei Horikoshi,
Hirofumi Neda
€ 5,00 (D) / € 5,20 (A)
O Band 1 bis 5
Bislang 5 Bände in Japan

MY ROOMMATE IS A CAT

von Tsunami Minatsuki,
Asu Futatsuya
€ 7,00 (D) / € 7,20 (A)
O Band 1 & 2
O Band 3 11/20
Bislang 6 Bände in Japan

MY SECRET WHICH I CANNOT TELL YOU

von Kyoko Aiba
€ 6,99 (D) / € 7,20 (A)
O My Secret Which
I Cannot Tell You

NARUTO

von Masashi Kishimoto
€ 6,50 (D) / € 6,70 (A)
O Band 1 bis 72
In 72 Bänden abgeschlossen
O Der siebte Hokage und
der scharlachrote Frühling
€ 9,95 (D) / € 10,30 (A)
O Naruto:
Die Schriften des Sha
O Naruto:
Die Schriften des Tô
€ 12,95 (D) / € 13,40 (A)
O Naruto:
Die Schriften des Jin
€ 19,95 (D) / € 20,60 (A)
O Artbook
»Naruto Uzumaki«

NARUTO MASSIV

von Masashi Kishimoto
€ 5,00 (D) / € 5,20 (A)
O Band 1
€ 9,99 (D) / € 10,30 (A)
O Band 2 bis 24
In 24 Bänden abgeschlossen

MIMIC ROYAL PRINCESS

von Yukihiro & Musashino
€ 6,95 (D) / € 7,20 (A)
O Band 1 bis 5
Bislang 5 Bände in Japan

MOB PSYCHO 100

von ONE
€ 6,66 (D) / € 6,90 (A)
O Band 1 bis 15
O Band 16 10/20
In 16 Bänden abgeschlossen

MONSTER – PERFECT EDITION

von Naoki Urasawa
€ 20,00 (D) / € 20,60 (A)
O Band 1 bis 5
O Band 6 11/20
O Band 7 02/21
In 9 Bänden abgeschlossen

MORIARTY THE PATRIOT

von Ryosuke Takeuchi
€ 9,99 (D) / € 10,30 (A)
O Band 1 bis 8
O Band 9 12/20
Bislang 12 Bände in Japan

MOTHER'S SPIRIT

von Enzo
€ 7,99 (D) / € 8,30 (A)
O Band 1 & 2
Bislang 2 Bände in Japan

MOTOKARE RETRY

von En Hanaya
€ 6,99 (D) / € 7,20 (A)
O Band 1 bis 7
In 7 Bänden abgeschlossen

MOVING FORWARD

von Nagamu Nanaji
€ 5,00 (D) / € 5,20 (A)
O Band 1
€ 7,00 (D) / € 7,20 (A)
O Band 2 bis 4
O Band 5 11/20
O Band 6 02/21
In 11 Bänden abgeschlossen

MURCIÉLAGO

von Yoshimura Kana
€ 7,99 (D) / € 8,30 (A)
O Band 1 bis 12
O Band 13 01/21
Bislang 17 Bände in Japan

MANGA LOVE STORY

von Katsu Aki
€ 6,95 (D) / € 7,20 (A)
O Band 70-74
O Band 75 12/20
Bislang 80 Bände in Japan

MANGA-ZEICHENSTUDIO

von Kaneda Koubou u.a.
€ 19,90 (D) / € 20,50 (A)
O Hände und Füße
O Gesichter und
Emotionen
O Manga Master Book
O Grundlagen
der Anatomie
O Mädchen
in coolen Posen
O Emotionen und
Mimik ausdrucksstark
zeichnen
O Manga Basics
O Figuren & Hintergründe
€ 20,00 (D) / € 20,60 (A)
O Charmante Charaktere
€ 24,90 (D) / € 25,60 (A)
O Spannende Geschichten
erzählen

MASHIMA-EN

von Hiro Mashima
€ 6,95 (D) / € 7,20 (A)
O Band 1 & 2
In 2 Bänden abgeschlossen

MASHIMA HERO'S

von Hiro Mashima
€ 7,00 (D) / € 7,20 (A)
O Mashima HERO'S 02/21

MEINE LESBISCHE ERFAHRUNG MIT EINSAMKEIT

von Kabi Nagata
€ 15,00 (D) / € 15,50 (A)
O Meine lesbische
Erfahrung mit
Einsamkeit

MELANCHOLISCHER MORGEN, EIN

von Shoko Hidaka
€ 6,95 (D) / € 7,20 (A)
O Band 1 & 2
€ 7,95 (D) / € 8,20 (A)
O Band 3 bis 7
€ 9,95 (D) / € 10,30 (A)
O Band 8
In 8 Bänden abgeschlossen

MERMAID PRINCE

von Kaori Ozaki
€ 8,00 (D) / € 8,30 (A)
O Mermaid Prince

LETZTE REISE DER SCHMETTERLINGE, DIE

von Kan Takahama
€ 14,90 (D) / € 15,40 (A)
O Die letzte Reise der
Schmetterlinge

LIBERI-PROJEKT, DAS

von Tamasaburo
€ 6,95 (D) / € 7,20 (A)
O Band 1 bis 3
In 3 Bänden abgeschlossen

LITTLE WITCH ACADEMIA

von Keisuke Sato, Ryo
Yoshinari, Yoh Yoshinari
€ 6,99 (D) / € 7,20 (A)
O Band 1 bis 3
€ 24,00 (D) / € 24,70 (A)
O Band 1 bis 3 im
Sammelschuber
In 3 Bänden abgeschlossen

LIQUOR & CIGARETTE

von Ranmaru Zariya
€ 8,00 (D) / € 8,30 (A)
O Einzelband

LUPUS IN FABULA

von Kamineo
€ 7,95 (D) / € 8,20 (A)
O Band 1 bis 3
In 3 Bänden abgeschlossen

MACHIMAHO – MAGICAL GIRL BY ACCIDENT

von Souryu
€ 7,99 (D) / € 8,30 (A)
O Band 1 bis 5
O Band 6 11/20
Bislang 8 Bände in Japan

MAGUS OF THE LIBRARY

von Mitsu Izumi
€ 12,00 (D) / € 12,40 (A)
O Band 1
€ 14,00 (D) / € 14,40 (A)
O Band 2
€ 16,00 (D) / € 16,50 (A)
O Band 3
Bislang 4 Bände in Japan

MAID-SAMA

von Hiro Fujiwara
€ 5,95 (D) / € 6,20 (A)
O Band 1 bis 18
In 18 Bänden abgeschlossen
O Maid-sama Marriage

PLEASE LOVE ME

von Aya Nakahara
€ 5,00 (D) / € 5,20 (A)
O Band 1
€ 7,00 (D) / € 7,20 (A)
O Band 2 bis 5
O Band 6 09/20
O Band 7 12/20
In 10 Bänden abgeschlossen

PLUTO:
URASAWA X TEZUKA

von Tezuka, Urasawa
& Nagasaki
€ 14,90 (D) / € 15,30 (A)
O Band 1
€ 12,90 (D) / € 13,30 (A)
O Band 2 bis 7
€ 16,90 (D) / € 17,40 (A)
O Band 8
In 8 Bänden abgeschlossen

POISON CITY

von Tetsuya Tsutsui
€ 7,99 (D) / € 8,30 (A)
O Band 1 & 2
In 2 Bänden abgeschlossen

PONE – POSUKA
DEMIZU ARTBOOK

€ 20,00 (D) / € 20,60 (A)
O Pone - Posuka
Demizu Artbook

Q (KU)

von Tatsuya Shihira
€ 7,99 (D) / € 8,30 (A)
O Band 1 bis 3
€ 8,99 (D) / € 9,30 (A)
O Band 4
In 4 Bänden abgeschlossen

REAKTOR 1F –
EIN BERICHT AUS
FUKUSHIMA

von Kazuto Tatsuta
€ 12,99 (D) / € 13,40 (A)
O Band 1 bis 3
In 3 Bänden abgeschlossen

RENTAL GIRLFRIEND

von Reiji Miyajima
€ 7,00 (D) / € 7,20 (A)
O Band 1 bis 4
O Band 5 10/20
O Band 6 12/20
O Band 7 02/21
Bislang 14 Bände in Japan

OPUS

von Satoshi Kon
€ 14,90 (D) / € 15,40 (A)
O Band 1 & 2
In 2 Bänden abgeschlossen

ORANGE

von Ichigo Takano
€ 7,99 (D) / € 8,30 (A)
O Band 1 bis 6
Bislang 6 Bände in Japan

OUR SUMMER HOLIDAY

von Kaori Ozaki
€ 7,99 (D) / € 8,30 (A)
O Our Summer Holiday

OVERLORD

von Maruyama & Miyama
€ 6,99 (D) / € 7,20 (A)
O Band 1 bis 11
€ 12 09/20
Bislang 13 Bände in Japan

OVERLORD
Official Comic
À La Carte Anthology

von Kugane Maruyama,
diverse
€ 7,00 (D) / € 7,20 (A)
O Band 1 & 2
O Band 3 11/20
Bislang 3 Bände in Japan

PANDORAHEARTS

von Jun Mochizuki
€ 6,95 (D) / € 7,20 (A)
O Band 1-3, 5-17, 19, 21
€ 7,95 (D) / € 8,20 (A)
O Band 18, 20
€ 8,95 (D) / € 9,20 (A)
O Band 22 & 23
€ 10,00 (D) / € 10,30 (A)
O Band 4
€ 14,00 (D) / € 14,40 (A)
O Band 24
In 24 Bänden abgeschlossen

PERSONAL PARADISE
NEUEDITION

von Melanie Schober
€ 6,99 (D) / € 7,20 (A)
O Personal Paradise
O Miss Misery
O Assassin Angel
O Killer Kid I
O Killer Kid II
O Brave Brother 1.0
O Brave Brother 2.0
€ 9,99 (D) / € 10,30 (A)
O Brave Brother 1.0
lim. Ausgabe mit Schuber

OLD BOY

von Tsuchiya Garon
& Minegishi Nobuaki
€ 12,00 (D) / € 12,40 (A)
O Band 1 bis 4
In 4 Bänden abgeschlossen

ONE PIECE

von Eiichiro Oda
€ 6,50 (D) / € 6,70 (A)
O Band 1 bis 94
O Band 95 10/20
O Band 96 01/21
Bislang 96 Bände in Japan
€ 8,95 (D) / € 9,20 (A)
O One Piece Red
O One Piece Blue
€ 9,95 (D) / € 10,30 (A)
O One Piece Blue Deep
O One Piece Yellow
€ 12,95 (D) / € 13,40 (A)
O One Piece Green

ONE PIECE: FLUCH DES
HEILIGEN SCHWERTS

von Eiichiro Oda
€ 7,95 (D) / € 8,20 (A)
O Band 1 & 2
In 2 Bänden abgeschlossen

ONE PIECE PARTY

von Andoh & Oda
€ 6,50 (D) / € 6,70 (A)
O Band 1 bis 5
Bislang 6 Bände in Japan

ONE PIECE –
SANJIS LECKERE
PIRATENREZEPTE

von Eiichiro Oda
€ 24,90 (D) / € 25,60 (A)
O Einzelband

ONE PIECE QUIZ BOOK

von Eiichiro Oda
€ 14,00 (D) / € 14,40 (A)
O Band 1

ONE PIECE Z

von Eiichiro Oda
€ 9,95 (D) / € 10,20 (A)
O Band 1 & 2
In 2 Bänden abgeschlossen

ONE WEEK FRIENDS

von Matcha Hazuki
€ 6,99 (D) / € 7,20 (A)
O Band 1 bis 7
In 7 Bänden abgeschlossen

NARUTO – THE MOVIE:
GEHEIMMISSION IM LAND
DES EWIGEN SCHNEES

von Masashi Kishimoto
& JUMP Comics
€ 7,95 (D) / € 8,20 (A)
O Band 1 & 2
In 2 Bänden abgeschlossen

NARUTO – THE MOVIE:
DIE LEGENDE
DES STEINS GELEL

von Masashi Kishimoto
€ 7,95 (D) / € 8,20 (A)
O Band 1 & 2
In 2 Bänden abgeschlossen

NARUTO – THE MOVIE:
SHIPPUDEN

von Masashi Kishimoto
€ 12,95 (D) / € 13,40 (A)
O Naruto - The Movie:
Shippuden
O Naruto - The Movie:
Shippuden-Fesseln
O Naruto - The Movie:
Shippuden - Die Erben
des Willens des Feuers
O Naruto - The Movie:
Shippuden - Lost Tower

NARUTO – THE MOVIE:
SONDERMISSION IM
LAND DES MONDES

von Masashi Kishimoto
€ 7,95 (D) / € 8,20 (A)
O Band 1 & 2
In 2 Bänden abgeschlossen

NEON GENESIS
EVANGELION

von Gainax
& Yoshiyuki Sadamoto
€ 6,95 (D) / € 7,20 (A)
O Band 1 bis 14
In 14 Bänden abgeschlossen

NO EXIT

von Haruhi Seta
€ 6,99 (D) / € 7,20 (A)
O Band 1 bis 13
In 14 Bänden abgeschlossen

OKITENEMURU

von Hitori Renda
€ 7,99 (D) / € 8,20 (A)
O Band 1 bis 9
In 9 Bänden abgeschlossen

CARLSEN MANGA! CHECKLIST

SOUL EATER SOUL ART

von Atsushi Ohkubo
€ 24,90 (D) / € 25,60 (A)
○ Band 2

SPLATOON

von Sankichi Hinodeya
€ 6,99 (D) / € 7,20 (A)
○ Band 1 bis 8
○ Band 9 11/20
Bislang 12 Bände in Japan

STILLE WASSER

von Kan Takahama
€ 16,90 (D) / € 17,40 (A))
○ Stille Wasser

SUNNY

von Taiyo Matsumoto
€ 16,00 (D) / € 16,50 (A)
○ Band 1 10/20
○ Band 2 01/21
In 6 Bänden abgeschlossen

**SÜSSE KATZE CHI:
CHI'S SWEET ADVENTURES**

von Konami Kanata,
Kinoko Natsume
€ 8,00 (D) / € 8,30 (A)
○ Band 1
○ Band 2 10/20
○ Band 3 01/21
In 4 Bänden abgeschlossen

**SUPER DRAGON
BALL HEROES**

von Yoshitaka Nagayama
€ 6,50 (D) / € 6,70 (A)
○ Band 1 & 2
Bislang 3 Bände in Japan

**SUPER DRAGON
BALL HEROES
UNIVERSE MISSION**

von Yoshitaka Nagayama
€ 6,50 (D) / € 6,70 (A)
○ Band 1 12/20
Bislang 2 Bände in Japan

TAKANE UND HANA

von Yuki Shiwasu
€ 5,00 (D) / € 5,20 (A)
○ Band 1
€ 6,99 (D) / € 7,20 (A)
○ Band 2 bis 11
○ Band 12 10/20
○ Band 13 01/21
In 18 Bänden abgeschlossen

SHIKIGAMI

von Yasaiko Midorihana
€ 10,00 (D) / € 10,30 (A)
○ Einzelband

SKETCH EVERY DAY

von Simone Grünewald
€ 20,00 (D) / € 20,60 (A)
○ Sketch Every Day 10/20

SKIP BEAT!

von Yoshiki Nakamura
€ 6,95 (D) / € 7,20 (A)
○ Band 1 bis 43
○ Band 44 10/20
Bislang 45 Bände in Japan

**SHURIKEN UND
FALTENROCK**

von Matsuri Hino
€ 6,99 (D) / € 7,20 (A)
○ Band 1 & 2
In 2 Bänden abgeschlossen

SKULL PARTY

von Melanie Schober
€ 6,95 (D) / € 7,20 (A)
○ Band 1 bis 4
In 4 Bänden abgeschlossen

SNACK WORLD

von Level-5, sho.t
€ 7,00 (D) / € 7,20 (A)
○ Band 1
○ Band 2 11/20
In 2 Bänden abgeschlossen

SOUL EATER

von Atsushi Ohkubo
€ 6,50 (D) / € 6,70 (A)
○ Band 1 bis 24
€ 7,95 (D) / € 8,20 (A)
○ Band 25
In 25 Bänden abgeschlossen

SOUL EATER MASSIV

von Atsushi Ohkubo
€ 5,00 (D) / € 5,20 (A)
○ Band 1 10/20
€ 8,00 (D) / € 8,30 (A)
○ Band 2 12/20
○ Band 3 02/21
In 12 Bänden abgeschlossen

SOUL EATER GUIDE BOOK

von Atsushi Ohkubo
€ 8,95 (D) / € 9,20 (A)
○ Soul Eater
   Guide Book

SCHNEEBALLEN

von Inga Steinmetz
€ 12,00 (D) / € 12,40 (A)
○ Schneeballens Fall
€ 14,00 (D) / € 14,40 (A)
○ Schneeballen –
Verliebt in Japan

SCHOKOHEXE, DIE

von Rino Mizuho
€ 6,50 (D) / € 6,70 (A)
○ Band 1-8, 10-16
○ Band 17 01/21
€ 10,- (D) / € 10,30 (A)
○ Band 9
Bislang 18 Bände in Japan

SEARCH AND DESTROY

von Osamu Tezuka,
Atsushi Kaneko
€ 15,00 (D) / € 15,50 (A)
○ Band 1 12/20
In 3 Bänden abgeschlossen

SEKAIICHI HATSUKOI

von Shungiku Nakamura
€ 6,95 (D) / € 7,20 (A)
○ Band 1, 3, 8-12
€ 10,- (D) / € 10,30 (A)
○ Band 2, 4-7
€ 6,95 (D) / € 7,20 (A)
○ Band 13 02/21
Bislang 14 Bände in Japan

SEVEN DEADLY SINS

von Suzuki Nakaba
€ 6,50 (D) / € 6,70 (A)
○ Band 1 bis 32
○ Band 33 09/20
○ Band 34 11/20
○ Band 35 01/21
In 41 Bänden abgeschlossen

SHERLOCK

von Jay, Gatiss & Moffat
€ 12,99 (D) / € 13,40 (A)
○ Band 1, 2 und 4
€ 14,99 (D) / € 15,50 (A)
○ Band 3
€ 39,99 (D) / € 41,20 (A)
○ Band 1 bis 3 im Schuber
Bislang 4 Bände in Japan

**SHIBA – EIN HUND
ZUM VERLIEBEN**

von Mayumi Muroyama
€ 7,00 (D) / € 7,20 (A)
○ Shiba – Ein Hund
zum Verlieben 09/20

**REQUIEM OF
THE ROSE KING**

von Aya Kanno
€ 9,99 (D) / € 10,30 (A)
○ Band 1 bis 10
○ Band 11 12/20
Bislang 13 Bände in Japan

**ROCK THE
CLOCKWORK WORLD**

von Hidezaku Gomi
€ 6,99 (D) / € 7,20 (A)
○ Band 1 bis 3
In 3 Bänden abgeschlossen

RYUKO

von Eldo Yoshimizu
€ 14,99 (D) / € 15,50 (A)
○ Band 1 bis 2
In 2 Bänden abgeschlossen

**SACRIFICE TO THE
KING OF BEASTS**

von Yu Tomofuji
€ 6,99 (D) / € 7,20 (A)
○ Band 1 bis 9
○ Band 10 11/20
Bislang 13 Bände in Japan

**SAKURA – I WANT TO
EAT YOUR PANCREAS**

von Yoru Sumino
€ 7,99 (D) / € 8,20 (A)
○ Band 1 & 2
In 2 Bänden abgeschlossen

SAMURAI8

von Masashi Kishimoto,
Akira Okubo
€ 7,00 (D) / € 7,20 (A)
○ Band 1 bis 3
○ Band 4 11/20
○ Band 5 02/21
In 5 Bänden abgeschlossen

**SANTA MARIA
HEARTLAND**

von Rise Torio
€ 8,50 (D) / € 8,80 (A)
○ Santa Maria
Heartland 10/20

SCHATTENARIE

von Zofia Garden
& Anne Delseit
€ 6,95 (D) / € 7,20 (A)
○ Band 1 & 2
In 2 Bänden abgeschlossen

WALKINDER, DIE

von Abi Umeda
€ 6,99 (D) / € 7,20 (A)
O Band 1 bis 11
O Band 12 09/20
O Band 13 12/20
Bislang 17 Bände in Japan

WEEKLY SHONEN HITMAN

von Kouji Seo
€ 7,00 (D) / € 7,20 (A)
O Band 1 12/20
O Band 2 02/21
Bislang 10 Bände in Japan

WER BIST DU ZUR BLAUEN STUNDE

von Yuhki Kamatani
€ 10,00 (D) / € 10,30 (A)
O Band 1 bis 3
€ 12,00 (D) / € 12,40 (A)
O Band 4
In 4 Bänden abgeschlossen

WET MOON

von Atsushi Kaneko
€ 19,90 (D) / € 20,50 (A)
O Band 1 & 2
€ 24,90 (D) / € 25,60 (A)
O Band 3
In 3 Bänden abgeschlossen

YAKUZA GOES HAUSMANN

von Kousuke Oono
€ 7,50 (D) / € 7,80 (A)
O Band 1 bis 3
O Band 4 01/21
Bislang 5 Bände in Japan

YAMADA-KUN AND THE SEVEN WITCHES

von Miki Yoshikawa
€ 5,95 (D) / € 6,20 (A)
O Band 1 bis 28
In 28 Bänden abgeschlossen

ZWEI ESPRESSO

von Kan Takahama
€ 12,90 (D) / € 13,30 (A)
O Zwei Espresso

TRIAGE X

von Shouji Sato
€ 6,95 (D) / € 7,20 (A)
O Band 1 bis 5
€ 7,95 (D) / € 8,20 (A)
O Band 6 bis 18
O Band 19 09/20
Bislang 21 Bände in Japan

TRIAGE X – TRIBUTE

von Shouji Sato
€ 7,95 (D) / € 8,20 (A)
O Triage X - Tribute

UNLUCKY YOUNG MEN

von Fujiwara/Otsuka
€ 19,90 (D) / € 20,50 (A)
O Band 1 & 2
In 2 Bänden abgeschlossen

UNSERE FARBEN

von Gengoroh Tagame
€ 10,00 (D) / € 10,30 (A)
O Band 1 09/20
O Band 2 01/21
In 3 Bänden abgeschlossen

UZUMAKI DELUXE

von Junji Ito
€ 28,00 (D) / € 28,80 (A)
O Uzumaki Deluxe

VAMPIRE KNIGHT – MEMORIES

von Matsuri Hino
€ 6,99 (D) / € 7,20 (A)
O Band 1 bis 4
O Band 5 01/21
Bislang 6 Bände in Japan

VIGILANTE – MY HERO ACADEMIA ILLEGALS

von Horikoshi, Furuhashi & Court
€ 6,99 (D) / € 7,20 (A)
O Band 1 bis 7
O Band 8 01/21
Bislang 9 Bände in Japan

VINLAND SAGA

von Makoto Yukimura
€ 7,95 (D) / € 8,20 (A)
O Band 1 bis 22
O Band 23 10/20
Bislang 23 Bände in Japan

THE GOLDEN SHEEP

von Kaori Ozaki
€(D) 8,00 / €(A) 8,30
O Band 1 & 2
O Band 3 09/20
In 3 Bänden abgeschlossen

THE HEROIC LEGEND OF ARSLAN

von Yoshiki Tanaka
€ 6,99 (D) / € 7,20 (A)
O Band 1 bis 10
O Band 11 09/20
O Band 12 02/21
Bislang 13 Bände in Japan
€ 7,50 (D) / € 7,80 (A)
O The Heroic Legend of Arslan Doppelpack 1+2

THE PROMISED NEVERLAND

von Shirai & Demizu
€ 6,99 (D) / € 7,20 (A)
O Band 1 bis 13
O Band 14 09/20
O Band 15 11/20
O Band 16 01/21
In 20 Bänden abgeschlossen

THE ROYAL TUTOR

von Higasa Akai
€ 6,99 (D) / € 7,20 (A)
O Band 1 bis 11
O Band 12 10/20
Bislang 14 Bände in Japan
€ 7,50 (D) / € 7,80 (A)
O The Royal Tutor Doppelpack 1+2

3/11 – TAGEBUCH NACH FUKUSHIMA

von Yuko Ichimura & Tim Rittmann
€ 12,90 (D) / € 13,30 (A)
O 3/11–Tagebuch nach Fukushima

TO THE ABANDONED SACRED BEASTS

von Maybe
€ 6,99 (D) / € 7,20 (A)
O Band 1 bis 9
O Band 10 01/21
Bislang 10 Bände in Japan

TORIYAMA SHORT STORIES

von Akira Toriyama
€ 5,95 (D) / € 6,20 (A)
O Band 2 bis 4, 7
€ 6,95 (D) / € 7,20 (A)
O Band 6
€ 7,95 (D) / € 8,20 (A)
O Band 5
Bislang 8 Bände in Japan

TANIGUCHI, JIRO

von Jiro Taniguchi
€ 12,90 (D) / € 13,.30 (A)
O Der Gourmet 2
€ 14,90 (D) / € 15,40 (A)
O Der spazierende Mann
O Der Gourmet
€ 16,00 (D) / € 16,50 (A)
O Der Kartograph
O Die Schrift des Windes
O Von der Natur des Menschen
€ 16,90 (D) / € 17,40 (A)
O Ihr Name war Tomoji
€ 20,00 (D) / € 20,60 (A)
O Im Jahrtausendwald
€ 22,00 (D)/ € 22,70 (A)
O Unruhige Geister und stille Gefährten
€ 25,00 (D) / € 25,70 (A)
O Der spazierende Mann (erw. Neuausgabe) 02/21
€ 28,00 (D) / € 28,80 (A)
O Der Himmel ist blau, die Erde ist weiß – Gesamtausgabe
€ 29,90 (D) / € 30,80 (A)
O Venedig

TEMPEST CURSE

von Martina Peters
€ 6,95 (D) / € 7,20 (A)
O Band 1 bis 3
In 3 Bänden abgeschlossen

THE ART OF SPLATOON

€ 40,00 (D) / € 41,20 (A)
O The Art of Splatoon

THE BOOK OF LIST - GRIMM'S MAGICAL ITEMS

von Izuco Fujiya
€ 6,95 (D) / € 7,20 (A)
O Band 1 bis 5
€ 8,95 (D) / € 9,20 (A)
O Band 6
In 6 Bänden abgeschlossen

THE CASE STUDY OF VANITAS

von Jun Mochizuki
€ 7,99 (D) / € 8,30 (A)
O Band 1 bis 7
Bislang 8 Bände in Japan

THE DEMON PRINCE

von Aya Shouoto
€ 6,95 (D) / € 7,20 (A)
O Band 1 bis 15
O Band 16 11/20
In 16 Bänden abgeschlossen
€ 7,50 (D) / € 7,80 (A)
O The Demon Prince Doppelpack 1+2 10/20

HALT!

MORIARTY - THE PATRIOT
ist ein japanischer Comic. In Japan liest man von
»hinten« nach »vorn« und von rechts oben nach
links unten.
Man muss diesen Manga also »hinten« auf-
schlagen und Seite für Seite nach »vorn« weiter-
blättern. Auch die Bilder auf jeder Seite und die
Sprechblasen innerhalb der Bilder werden von
rechts oben nach links unten gelesen.

Spannende Lektüre mit dem
Meister aller Fieslinge!

Carlsen Manga! News – jeden Monat neu per E-Mail!
www.carlsenmanga.de ◆ www.carlsen.de

Mit Fragen zur Produktsicherheit wenden Sie sich bitte an: carlsen.de/kontakt

Deutsche Ausgabe/German Edition ◆ 2021 Carlsen Verlag GmbH, Völckersstraße 14-20,
22765 Hamburg ◆ Aus dem Japanischen von Gandalf Bartholomäus ◆ YUKOKU NO MORIARTY
© 2016 by Ryosuke Takeuchi, Hikaru Miyoshi ◆ All rights reserved ◆ First published in Japan in 2016 by
SHUEISHA Inc., Tokyo ◆ German translation rights in Germany, Austria, Luxembourg and German-
speaking Switzerland arranged by SHUEISHA Inc. through VME PLB SAS, France.
Redaktion: Anne Berling ◆ Textbearbeitung: Steffen Haubner ◆ Lettering: Vibrraant
Herstellung: Björn Liebchen ◆ Alle deutschen Rechte vorbehalten ◆ ISBN: 978-3-551-73198-2

MIX
Papier | Fördert
gute Waldnutzung
FSC® C014496